Opal
オパール文庫

『規格外』な年下御曹司にめちゃめちゃ愛し尽くされてます! 一途なスパダリの甘くて淫らなご奉仕

桜 しんり

JN149073

プランタン出版

プロローグ……5
1　身代わりなので、口説かれても困ります！……18
2　パーフェクト御曹司の巨大なお悩み……44
3　押しかけ年下恋人（仮）のご奉仕スキルが高すぎる件……136
4　恋は万里霧中～迷ってすれ違って、もっと好きになって～……195
5　スパダリ夫の絶倫溺愛がすごすぎて、今夜も眠らせてもらえません！……256
エピローグ……293
あとがき……307

※本作品の内容はすべてフィクションです。

プロローグ

「それで、和美《かずみ》さんのご趣味は……？」

――うわっ。出たぁ～～。

――お見合いの、超テンプレート質問……！

内心そんな突っ込みを入れつつ、和美は――いや、和美のふりをして見合いを受けている“藤原千尋《ふじわらちひろ》”は、引き攣る頬を笑顔で隠した。

向かいに座っているのは、大手製薬会社の次期社長と名高い、神崎輝良《かんざきあきら》だ。

千尋は、目の前の箱入り御曹司が喜びそうな楚々とした仕草で小首を傾け、普段より少し声のトーンを上げた。

「私《わたくし》は、茶道とお琴を少々嗜んでおります」

「それは素敵ですね。お茶は表と裏、どちらですか？」

「えっ……」

——わ、やば。和美、どっちって言ってたっけ？

——ま、どっちだって構わないか。

——彼には申し訳ないけど、どうせあと一時間もしたらサヨナラなんだし……。

「ええと、……お、表千家、ですかね？」

「ああ！　私の母もそうなんですよ。自宅に先生をお招きして教わっていて。どちらの先生に師事なさっているんですか？」

「えーっ……と……！」

冷や汗をかきつつ腕時計を盗み見ると、十九時を過ぎたところだった。

約一時間前。

この高級フレンチレストランの化粧室で、親友の和美と服やバッグを交換したときのことを思い出す。

『千尋、本当にありがとう。新しい生活が落ち着いたら、絶対に連絡するから』

父親の反対を押し切り、幼馴染みとの駆け落ちを決めた彼女は、不安と緊張で青褪めていた。

だから千尋は慌ただしく着替えながら、めいっぱいの笑顔で、

『いいから、今は自分のことだけ考えて。お腹の子と彼と、幸せになってきなさい！』

と返し、背中を叩いて送り出したのだ。

――お目付役に気付かれずに、無事に彼と合流できてたらいいけど……。

計画が上手く進んでいれば、そろそろ二人の乗った新幹線か飛行機が東京《とうきょう》を離れる頃だ。

――だから、あとは私が……。

目の前の男、神崎製薬会長の愛孫との見合いをそつなくこなし、和美の父親がつけた、駆け落ち防止の見張り兼運転手をこの店に引きつけておけば、作戦は成功だ。

「……あの？　和美さん？」

「えっ……、あっ……！　ごめんなさい。仲人なしの、二人きりのお見合いは初めてで、少し緊張してしまって」

「ああ……そうですよね、すみません。今回は私の我儘で、こういった形を取らせていただいて」

「そんな。謝らないでください」

恐縮されると、居心地が悪い。

だって本当の見合い相手は、駆け落ちの真っ最中だ。

〝仲人抜きで、事前の写真交換も不要〟という少し変わった指定のおかげで計画を実行できたのだから、彼には感謝しかない。

――絶対に最後まで騙しきらないと。

――和美のお父さんが経営してる梱包資材会社は、神崎製薬が主な取引先らしいし。

――私のお父さんも、グループ会社の顧問弁護を引き受けてるって言ってたし。

――神崎製薬は同族経営だから、もし嫡男の彼に身代わりがバレたら、大変なことになっちゃう……。

神崎製薬は、日本でトップを争う製薬会社だ。

主力の医療用医薬品をはじめ、一般用医薬品、健康食品やスキンケア用品まで手広くカバーしており、国内で神崎製薬の商品を見かけたことのない人はいないだろう。

トップシェアを誇る総合感冒薬や栄養ドリンク剤には、千尋も何度も助けられたことがある。

「私は茶道はさっぱりですが……ときどき休日にお菓子を作るんですよ。元々、妹たちの趣味だったんですが――」

彼は上品な笑みを浮かべ、優雅な仕草で鹿肉のローストにナイフを入れた。

神崎輝良は、なんとも魅力に溢れた好青年だった。

ピンと伸びた背筋に、広い肩幅。

艶々と光る黒髪は、優等の象徴のようだ。

目尻は鋭く男前なのに、瞳は天真爛漫に輝き、口元には人を惹きつける愛嬌が滲んでいる。

何より、二十四歳とは思えない落ち着いた佇まい。

和美から聞いた情報によると、小中高と有名進学校で、難関大出身。

今は神崎製薬でアジア圏のグローバル戦略を担い、ゆくゆくは社長候補という生粋のエリートらしい。

一族のコネクションを疑いたくなる経歴だが、恵まれた環境頼みの甘えた人生であれば、これほどどっしりと構えてはいられないだろう。彼の振る舞いからは、四歳も年下とは思えない、才覚への自信が感じられる。

が、千尋の琴線には、これっぽっちも触れなかった。

――私もお父さんに強引にセッティングされて、何度かお見合いしたけど。

――そのときと同じで、AIかな？　ってくらいお見合いのテンプレ話題だし。

――箱入りで、親の敷いたレールの上を～って感じの人生を送ってるみたいだし。

――きっと彼も他のお金持ちの男みたいに、そのうちパートナーにも自分好みの価値観や振る舞いを求めてくるんでしょ……。

何度か見合いをして学んだことだが、どうやら金とステータスでいくらでも女が動くと思っている富裕層の男性にとって、自立心旺盛な女は鼻につくらしい。

実はカフェを経営していて、専業主婦は嫌です。

子供も欲しいと思ってません。

なんて正直に言ったら、今までの見合い相手のように、

『もう二十八ですよね？　三十代での出産はリスクですし、あとで欲しくなるかもって焦りはないんですか？』

『女で経営なんて、やめたほうがいいですよ。しかもカフェって。女給みたいで俺が恥ずかしいし……』

『結婚したらいくらでもお小遣いをあげるので、専業主婦はどうですか？』

なんてモラハラ全開なことを言って、千尋の人生を思い通りにしようとするに違いない。まるで、『結婚は子孫を残すための手段だろ？』とでも言わんばかりに。

――ま、本当のお見合いじゃないから、いいんだけど。

――和美も社長令嬢とはいえ、こんなお坊ちゃんたちと何度も強制的にお見合いさせられてたなんて、可哀想に……。

とはいえ今回に限っては、無難なテンプレート会話に感謝した。

おかげで最後まで、のらりくらりと会話を流し、〝良家の従順でお淑やかなお嬢様〟を演じきることができそうだ。

更に一時間が経過し、お互い食後の紅茶を飲み干したタイミングで、千尋はそそくさと立ち上がった。

「ごちそうさまです、とても美味しかったです。すみません、実は私、ちょっとこの後用

事がありまして」

「えっ……あの、でもまだ……ああ、タクシーをお呼びします、せめてそれまで」

「お構いなく！　ごめんなさい！　予定に遅れてしまうので……！　今日はありがとうございました」

それまでのおっとりとした口調から転じて、きっぱりと言い切る。

たった二時間程度のテンプレ会話で惚れたも何もないだろうが、万が一輝良に希望を残したら大変だ。

『あなたには興味が持てませんでした』と、態度ではっきり示しておかねばならない。

輝良が「待ってください」と慌ててナプキンを置き、会計のためにスタッフを呼んだ隙に個室を出た。

——ううっ、本当に胸が痛むし、私が支払いたいところだけど……ごめんなさい！

店の入り口で受け取ったコートを慌ただしく着込み、中身を入れ替えた和美のバッグから自分のスマホを取り出す。

和美からの連絡はない。

つまり、計画は上手くいったということだ。

二時間前、服を交換した和美と千尋を見てもわけを聞かず、裏口の利用を快く承諾してくれたスタッフは、最後まで接客のプロらしく、何も知らない顔で見送ってくれた。

正面口から外に出る。

大通りから一本外れた、人気のない道だ。

会員制の高級店は大抵、著名人の利用を見越して人目につきにくい場所にある。

そして店の斜向かいには予想通り、黒塗りの高級車が停まっていた。

運転席から黒服の男が出てきたのを見て、気を引き締める。

――良かった。ちゃんとお目付役も引きつけておけたみたい。

――これで私の仕事は終わりだ。

――あとは……。

緊張のせいか、十二月の寒さは一切感じない。

黒いスーツの男は、暗い夜の中で、コートを見て和美だと認識したのだろう。

「和美様、どうぞお車へ――」

男が後部座席のドアに手をかけたのを見て、千尋はくるりと踵を返し、大通りとは反対の方向へ向かって駆け出した。

「和美様!?」

足音が追いかけてくる。

もちろん、逃げ切れるとは思っていない。

後から店を出てくる輝良に、会話を聞かれない程度に店から離れられればいい。

狭い十字路を折れたところですぐに追いつかれ、手首を掴まれてしまった。

「きゃっ……！　やだ、離しなさいよっ……！　痛いじゃない！」

「和美お嬢様！　一体どういうおつもりですか！」

「もうっ、声を聞いてもわからないの？　お目付役失格じゃない？」

「え……？」

男の手が緩んだ隙に、さっと一歩距離を置く。

「ほら！　もう逃げも隠れもしないから、よーく見なさい！」

顔周りの髪を片手で払い、どや、と首を傾けた。

強面の男が目を細め、顔を凝視してくる。

「ねっ？　残念でした！　あなたのお嬢様はもういないわよ」

「な……なっ……なっ、お前ッ、和美お嬢様をどこに攫って、」

「はあ？　人聞きの悪いこと言わないで！　私は和美の親友、藤原千尋よ」

千尋はバッグから名刺を取り出して男に押し付け、腕を組んだ。

「和美に頼まれて、駆け落ちに協力したの。あなたも和美の父親に雇われてるんだから、和美に本命の恋人がいるって知ってるでしょ？　彼女は今頃彼と、うんと遠くに行ってるわよ。あ。言っとくけど、うっかり口を滑らせないために、私もどこへ行ったのか聞いてないの。日本か海外かすら――」

計画成功の高揚感もあり、ついつい鼻息荒く功績を語ると、男は「クソッ！」と悪態をつき、来た道を走り出した。

「ちょっと！　人の話は最後まで聞きなさいよっ！　っていうか！　今から探したって、無駄だからね～～っ！」

口元に両手をあてて叫んだが、男は振り向きもせず、車を停めていた方へ消えていく。

「……ふぅ。まあ、こんなもんか。これ以上の足止めは無理だし、意味もないしね」

まだ興奮で心臓がドキドキして、全身が発熱し、汗ばんでいる。

達成感を味わうように、全身で深呼吸をした。

冷たい空気が肺いっぱいに満ちて、火照った身体に心地良い。

「は～～！　やっぱり人助けって最っ高!!　一日一善どころか、十善したっていいくらい！帰ったら最高級のハワイコナ開けちゃおっかな？　じっくり挽いて、ネルドリップで……」

高揚感から、ついつい独り言が漏れてしまう。

スキップ混じりに、店の方へ引き返しはじめた時。

暗闇に紛れた人影に気付いて、立ち止まった。

長身で、体格が良い。

さっきのお目付役だろう。

「はあ、何？　また戻ってきたの？　和美の行き先は知らないってば。言っときますけどねぇ、腕力でどうにかしたところで、私の父と兄は弁護士だし――」
自信たっぷりにそう言ったとき。
人影が、一歩、踏み出してきた。
月光が、長身の男を照らして――優等の象徴のようだと思った黒髪が、青白く輝く。
「……かずみ、さん……？」
掠れた、低い声。
男が。
神崎輝良が――。
だらりと下がった右手の先に、何やら小さく光るものを摘まんで、立ち尽くしている。
トイレで和美から受け取ったイヤリングだ。
はっと右耳に触れる。
ない。
「これ……店の入り口で、落としたみたいで、……、……」
さーっと、体温が下がった。
興奮で滲んだ汗が、全身を冷たく包み込む。
――え……。
――いや……。

——え…………。
——き、聞かれてない……よね？
——気付かれてない、よね……？
——だって今、『和美さん？』って……。
それは、祈りに近いものだった。
散々大声で大見得を切って、独り言まで呟いていたのだ。
ずっとここに立っていたとしたら——聞こえていないはずがない。
「あ……ありがとう……、……ございます」
お淑やかな令嬢モードに戻したつもりだ。
でも、差し出されたイヤリングを受け取ろうと手を伸ばした瞬間。
彼の手が、さっと上に逃げた。
思わず追いかけて見上げると——。
切れ長の目が、月光を受けて鋭く光った。
「事情をお伺いできますか？　和美さん。いえ。藤原……千尋さん？」
血の気の引く音が、確かに聞こえた。

1　身代わりなので、口説かれても困ります！

「大変、大ッ変、申し訳ございませんでした……ッ！」

閉店間際のカフェに、悲痛な謝罪が響き渡った。

まばらに残っている客の視線を感じつつ、千尋はテーブルに額がつきそうなほど頭を下げ、肩を丸める。

間接照明を駆使した一流高級店から、大衆向けの明るいチェーン店という落差に、夢から覚めたような心地だ。

でも、彼は筋金入りの〝箱入り御曹司〟だった。

あるまじき無礼を受けたというのに、余裕たっぷりに構えて――でもその余裕が、余計に千尋を居た堪れなくさせる。

「ええと。改めて説明していただけますか？　あなたを追いかけていた男との話を聞いて、なんとなく経緯は想像がつきましたが……。一体どうしてこうなったのか、詳しい事情をお聞かせいただきたいです」

「はい……はい、ええ、もちろんです。あの……私、藤原千尋と申します。和美とは小学校の頃からの親友で」

これ以上偽るつもりはないと証明するために、千尋は、しおしおと仕事用の名刺を差し出した。

〝手作りロールケーキとコーヒーのお店
カフェ万里《ばんり》　オーナー　藤原千尋〟

彼は受け取った名刺に目を落とすと、おもむろにスマホを取り出し、何やら操作して、じっと千尋の顔を見つめてきた。

「あ、あの……？　あっ、ごめんなさい、電源を切っておきます……！」

ハンドバッグの中でスマホが震え、慌ててバッグを探った途端、着信が止んだ。

「試してすみません。今度は、嘘ではないようですね。本物の電話番号が書かれた名刺みたいです」

「っ……！　も、もちろんです……！　もう、これ以上嘘なんて……」

和美からは、『父の会社に影響が出ないとも限らないから、絶対に神崎さんにはバレないで』と言われていたことを思い出す。もう、生きた心地がしない。

「念のためですよ。この後、連絡がつかなくなったら困りますし」

輝良は自分のスマホをテーブルに伏せて置くと、視線で話の続きを促してきた。

――『この後』って……。

――やっぱり、すぐに許すつもりはない、ってことだよね……。

――こうなったら、なんとしてでも温情を勝ち取らないと。

――神崎さんに人の心があれば、きっと同情の余地があると思ってもらえるはず……。

「ええと、長い経緯になりますが……」

そう前置きをすると、彼は『続けて』とでも言うように首を縦に振って、傾聴の姿勢を見せた。

「和美は中学の頃から幼馴染みの男の子と付き合っていたんです。それはもう、傍目に見ても、相思相愛のお似合いのカップルで。でも……こういう表現は気が進みませんが、和美のお父さんは、とても選民意識の強い方らしくて――」

和美曰く、父親は虚栄心の塊のようで。

『中流家庭の男なんて、絶対に許さない』

そう宣告されて、社会人になってしばらくすると、父親の選んだ男と強引に見合いをさせられるようになった。

　そのたび、相手の希望に沿わない女を演じてかわしてきたが、先月とうとう、最愛の彼との間に子供ができてしまったのだ。

『きっと父は堕ろせって言うわ。私から彼を遠ざけるために、彼に何をするか……。お互い、他の人なんて考えられない。こんなことに巻き込みたくないけど……お願い、助けて。千尋しか頼れる友達がいないの』

　散々悩んだ末の決断だったのだろう。

　泣き腫らした目で頼まれて、人助けを信条としている千尋は、『もっと早く言ってよ！』と二つ返事で引き受けた。

　千尋を頼ってくれたのは、親友であることが最大の理由だろうが、と同時に、そこそこ著名な弁護士一族ながらも、セレブ文化や政治的駆け引きにうんざりしている庶民派だからかもしれない。

「和美は……ギリギリまで父親への説得を頑張ってましたし、妊娠がわかったときも、母親に頼んで父親の反応を探ってもらったらしいんですが。『もし妊娠なんてしたら堕ろさせるに決まってるだろう！』って息巻いていたらしくて。しかも、そんな探りを入れたせいか、最近は付き人をつけられて、行動を見張られていたんです。彼に会えないどころか、産婦人科に行くのも避けるようになって……それで……」

どうあっても譲れないのは、和美の幸せだ。

自分のせいで輝良の怒りが和美へ向かうことだけは、なんとしてでも避けねばならない。

「だから……私が和美を唆したんです！　もちろん、神崎さんにはこんな事情は関係ありませんし、和美へのお怒りも当然だと思います。でも彼女は妊娠中で、体調が良くなくて。すでにたくさんのことが負担になっているので……。お願いです、和美を追い詰める類いのことだけは、勘弁してください。もちろん、さっきのお食事代や行き帰りのお車代に加えて、私にできる範囲の誠意はお見せします！　そ、そんなに貯金はないですけど、何でもいたしますので……！」

全てを語り終え、頭を下げ続けたが、輝良は何の反応も示さなかった。

ちらり、と視線だけで盗み見る。

彼は何やら千尋の話を噛み締めているような面持ちで、じっと手元のコーヒーを見下ろしていた。

さっきは店の薄暗い雰囲気も相まって魅力が増して見えるのかと思ったが、今の明るい店内は、輝良の容姿は完璧で、一切の欠点がないことを証明していた。

整った顔立ちには神聖ささえ漂っていて、千尋は震えながら審判のときを待つ。

「つまり……さっきのお見合い中の態度は、全て、演技だったんですね？」

「はい……。本当に申し訳ございません……」

笑顔で人当たりの良かった輝良から受ける静かな圧は、声を荒らげて責められるよりも堪えるものがある。

首が痛んでもなお頭を下げ続けていると、〝すんっ〟という、空気を擦り合わせた音が聞こえた。

――……？　〝すんっ〟？

訝しく思って顔を上げると――輝良がポケットから出したハンカチを、目元にあてるところだった。

「和美さんは、本当の純愛を手に入れたんですね……」

「……はい……？」

今度こそはっきり、ぐすっと洟を啜る音がした。

顔からハンカチが離れると、微かに目元が潤んでいる。

輝良は、まるで和美の恋愛に思いを馳せるように遠い目で、ガラス越しに大通りを眺めて言った。

「きっと、どんな欠点も愛し抜ける、素敵なカップルなんだろうなぁ……」

「……はあ……」

輝良は、再びハンカチで目元を拭う。

――ど、どういう情緒ですか？

——ちょっと、メンタルが不安定な人なのかな……？？？

それで、思い出した。

今回の計画を和美と話し合ったとき、彼女は、

『お相手の神崎さんって方、「なんで私とお見合い？」ってくらいの超超エリートなんだけど……。お見合い後、ことごとく破談になっていることで有名らしくて。私、今までずっとお見合い相手に嫌われるように振る舞ってきたから、もうワケありな人しかお見合いを受けてくれなくなってるのかも。千尋ちゃん、気をつけてね？　もし変な人だったら、私のことなんて気にせず、すぐ逃げて……！』

と言って、不安そうにしていたのだ。

もしかしたら相当な変わり者なのかもしれない。

——ああ～……いろいろ不安定な人だから、縁談も断られまくってるとか？

——さっきの会話がテンプレートだったのも、ちょっと変わってるって見破られないようにするため？

——それとも……純愛に憧れとか、拘りがあるのかな？

——いやでも、お見合いで結婚相手探してるのに……？

一体どう反応すべきか、目まぐるしく頭を働かせていると。

「あの、俺……もっと、藤原さんを知りたいです」

「……、……はい？」

思わず眉間に皺が寄り、間抜けな声が出た。

「だって……ご友人のためにあんな演技をして、危険も顧みずに……。最悪、さっき藤原さんを追いかけていた男に危害を加えられていた可能性もありますよね？　今だって俺の対応次第では、どうなっていたかわからないわけで。普通はできません、そんなこと」

「そ……そう……かもしれませんね……」

それは半ば、脅しに聞こえた。

つまり、

『お前の弱みは握っているんだ、俺の気持ち一つで地の底まで落とせるんだぞ』

というような。

そして実際、輝良は堂々と取引を持ちかけてきた。

「なので。もう一度、お会いしていただけませんか？」

「え……」

「さっき、啖呵を切っている姿を見て……素の藤原さんに、興味を持ったので」

これは、嫌味と嫌がらせと仕返しだ。

見合いで手堅い結婚相手を探している御曹司が、こんな詐欺女を口説くわけがない。

「あー……っと……？　な、何が目的、なのでしょうか……？　もう少しはっきり、わかりやすく言っていただけると……」

「俺、口説いています」

「は？」

「もう一度俺と、お見合い――いえ、普通にデートしていただけませんか？」

――な、何なの？　どういうつもり？

――実はまだ私の話を信じてなくて、本気で反省してるか試されてる、とか？

――あ！　もしかして、お詫びに一発ヤらせろってこと？

――だとしたら、普通にデート、って？

――今すぐホテルに誘わないのはなんで？

が、どれも口にはできなかった。

なにせ、千尋はやらかした側だ。

もし彼が本気で怒ったら、和美を探し出し、父親に居場所を告げ、二人の仲を引き裂いて、さらには、千尋が二年かけて少しずつ育ててきたカフェを廃業に追い込むことなんて、わけもないだろう。

「何でも……してくれるんですよね？」

「……！」

返答に困っていると、首を傾げて、顔を覗き込まれる。

困惑しかないのに、輝良は名案でも思いついたように、顔を明るくした。

「ああ、そうだ、二人きりが躊躇われるようでしたら、来週クリスマスパーティーを開くので、ぜひいらしてください！　他に人がいたら、少しは気楽ですよね？」

「ぱ……パーティー……」

どうやら、二人きりの空間に連れ込むのが目的ではないらしい、が。

千尋は、富裕層のパーティーが大嫌いだ。

弁護士一族の家系に生まれたがゆえに、幼い頃から両親に連れ回されてあちこちのパーティーに参加してきたが、そこにいるのは人脈作りや政治をする人ばかりだ。

それにパーティーでなくたって、デートなんてとんでもない。

「でも……あの、口説くって、どこまで本気で仰っているのか、よくわかりませんが……私、平気で人を騙す女ですよ？　仕事第一で、結婚にも子供にも、一切興味ありませんし！　それに、えーっと、そう、ものすごく自由奔放だから……！　う、浮気だってしちゃうかも!?」

「……浮気……」

輝良は一瞬、ぎょっとしたようだ。

彼が見合いをしてきた生粋のお嬢様からは、とても出てこない言葉だからだろう。

しめた、とさらにネガティブなプレゼンを続けてみる。

「そう！　浮気です！　私、貞淑とはほど遠くて、男好きですし？　何股もかけたり、いっぱい遊んできたっていうか？　神崎さんのようなハイスペックな男性には、まっっっったく相応しくありませんので！」

「……そう、ですか……」

　本当は男性経験なんてないし、『嘘なんてつきません』と言った口で嘘をつくのは抵抗がないわけでもなかったが、変に期待を持たせる方が残酷だ。

　輝良は神妙な面持ちでしばらく考え込んでいたが、ふと自嘲すると、

「でも、逆にそのくらいの方が、いいのかもしれません」

　なんて呟き、狙いとは真逆の評価をされた。

「藤原さんはやっぱり、優しい方なんですね」

「は……？」

「だって、わざわざそんな、自分を貶めることを言う必要はないのに……。相手を心から気遣わないと、そんな台詞は出てこないと思います」

　気遣ってませんが⁉⁉

　あなたとのデートが嫌なだけですが⁉⁉

　そんな内心の突っ込みに気付くこともなく、輝良は優雅な仕草でコーヒーを一口飲んだ。

　チェーン店の冷え切ったコーヒーなんて絶対に美味しくないと思うのに、カップに隠れ

ていた彼の口元には穏やかな笑みが滲んでいる。

その後も、

「一時期ヤりまくってたんですよね」

「酷いときは三股かけちゃいました」

「浮気に全く抵抗がなくて。頭のネジがちょっと外れてるのかも」

なんて必死に作り話をし、〝ろくでもない女〟プレゼンを試みた。

が――。

輝良は、檻に閉じ込められた猫が暴れるのを見守るようににこにこと頷き、

「一回、口説くチャンスをいただけるだけで構いませんから。それでお断りされたら、諦めます。今回のことも、綺麗に水に流しますから」

と押し切られてしまった。

結局、どんなに抵抗したところで、千尋に選択権なんてないのだ。

「では詳細は、改めてご連絡しますね」

輝良はそう言って、満面の笑みで千尋の名刺を見つめた。

◇◇◇

遡ること、約二時間前。

「それで、和美さんのご趣味は……?」

神崎輝良は額に脂汗を滲ませながら、向かいの見合い相手——このときはまだ、和美だと思い込んでいた——に、笑顔を向けた。

胃が痛い。

自社の胃薬を飲んできたが、全く効き目がない。開発部門に苦情を入れたい。

が、不調の原因は明白だ。

今まで出会った女性たちに、何度も絶望を与えられ、自己肯定感を焼き払われ、トラウマを植え付けられてきたのである。

「私は、茶道とお琴を少々……」

〝箱入り娘テンプレート集〟のような回答を前に、輝良は腹部を抱えて、椅子の上で蹲りたくなった。

いや、テンプレートなのは、ファッションもそうだ。

露出を抑えつつも女性性を前面に押し出した、ひらひらしたワンピース。

ハイブランドのバッグと腕時計。

耳や首元には小ぶりのアクセサリー。

清楚さを前面に押し出した印象は、今まで輝良に絶望を与えてきた見合い女性と全く同じだ。

――同年代の女性ばかりとお見合いしてきたから、四つ年上の女性ならあるいは……なんて期待したけど。

――やっぱり駄目だ……きっと彼女も、お付き合いまで進んで、俺のアレを知ったら、ものすごく軽蔑した顔で、手の平を返して……。

深い心の傷となっている〝別れの原因〟を思い出して、胃がさらにキリキリと痛む。

――だ、駄目だ駄目だ、今に集中しろ……！

――思い込みで相手の反応を決めつけるなんて失礼だ。それに、振られてばかりでもう後がないし。

――今回でダメなら、潔く結婚を諦めるって、決意してきただろ！

――とにかく、初対面は嫌われないように、無難な会話を繋げて……。

「それは素敵ですね。お茶は表と裏、どちらですか？」

「えっ…………、ええと、……お、表千家、ですかね……？」

和美は、大分間を空けて応えた。

額に滲む汗に気付かれていないのは、店の照明が控え目なおかげだろうか。それとも、彼女も緊張しているのか。

輝良は前髪を流すふりで、指先で額の汗を拭った。

「ああ！　私の母もそうなんですよ。自宅に先生をお招きして教わっていて。どちらの先生に師事なさっているんですか？」

「えーっ……と……！」

和美は困惑している。どうやら返答を間違えたらしい。

この、距離感を探り合う空気が本当に苦手だ。

――もしかして、趣味の話は気が進まないのかな。

――それとも今の質問で、俺の浅い知識がバレたのか……。

それにしても、なぜ箱入りのお嬢様は漏れなく、茶道や華道や日本舞踊やらを習っているのか。

いまどき、お茶やお琴に造詣が深い男なんて、そういないだろう。話を広げる難易度が高すぎる。

――参った……全然手応えがない……。

――手元に何度も視線を落として時計を気にしてるみたいだし。何の話を振っても心ここにあらずって感じだし。

――やっぱり、俺に問題があるって噂が広がってるせいか？

どんな女性も虜にする見目と経歴を持つにもかかわらず、成婚に至らない原因は、輝良自身にあった。

『うっわ、何それ。エグ……』

大学生時代、初めてできた恋人にそう言われて拒絶された瞬間は、今でも忘れられない。

高校まで男子校で、家族以外の女性の扱いに不慣れながらも、とうとう初体験のときを迎えて――心臓が破裂しそうになりつつ、お互い服を脱いだ直後のことだった。

彼女はぎょっとした顔で輝良の下腹部を見ると、唇の端を引き攣らせて――鼻で笑ったのだ。

彼女は、男に慣れているみたいだった。

輝良は、それがどういう意味の笑いかもわからないまま、傷ついた。

さらに、それまで可愛らしく振る舞っていた彼女は、突如手の平を返して、

『いやー……悪いけど、その大きさは無理……。グロすぎだって。流血沙汰だよ』

と言って、逃げるように、脱いだばかりの服を身につけはじめたのだ。

輝良はその光景を、裸で、呆然と眺めていた。

『てか今までの感じからして、全然女慣れしてないよね？　童貞ってただでさえ余裕なくて、ガツガツ腰振るだけで痛いから、そのくらいの覚悟はしてきたけどさぁ……』

まさか、こんなことで終わりになるだなんて思わなかった。

そして彼女は、最後にこう言ってトドメを刺した。

『私、セックスでも満足したいから……ごめん。輝良顔いいし、私もはじめは顔で惹かれ

たから、すぐ次の彼女できるよ』

もちろん、修学旅行の入浴や、プールの授業の着替えで、自分のそれが平均よりも大きいらしい、と自覚を持つ機会はあった。

けれどまさか、女性にとっては凶器同然で、恐怖を与えてしまうだなんて、想像もしたことがなかったのだ。

体調不良の時はいつだって自社製品を愛用してきたが、もちろん、こんな悩みに効く薬はない。

ともあれ、それ以来、

——脱いだら、きっとまた拒絶される。

——俺の身体は、女性を怖がらせて、傷つける。

というトラウマに捕らわれて、女性を避けるようになってしまった。

付き合わなければ。

そういう状況にならなければ、傷つくことはない。

でも、神崎一族の長男だ。

十三歳の頃に父が病で亡くなり、今は叔父が経営を担っているが、叔父夫婦に子供はいない。いずれ直系の輝良が、そして輝良の子供が会社を継ぐことになる。

少なくとも父は生前、そう信じて疑わなかった。

もし結婚せず、子供ができなかったら、次にプレッシャーを背負うのは二人の妹だ。

彼女たちには、自由に恋愛を楽しんで、好きな男性と一緒になってほしい。

出産にプレッシャーや罪悪感なんて、感じさせたくない。

何より、早くに夫を亡くし、自分と妹を育ててくれた母を喜ばせてあげたい。

大学を卒業してそんな責任感が日増しに強まり、女性を避けてばかりではいけないと思いはじめた矢先、神崎製薬の会長を務める祖父から、

『早く結婚して、母親を安心させてやりなさい。俺も早く曾孫を見たい』

と女性を紹介された。

――そうだ、お見合い結婚で、あらかじめ子供を希望していると知った上でなら、子作りで強いる身体への負担も、なんとか受け入れてもらえるかもしれない……！

そんな希望を抱いて、祖父の提案を受けた。

もちろん、同じ轍は踏みたくない。

初めての恋人に振られたとき、

『私もはじめは顔で惹かれたから、すぐ次の彼女できるよ』

と言われたことを思い出し、容姿で判断をしない女性と出会うため、事前の写真交換は断った。

また、入籍後に身体の相性が原因で離婚――なんて悲惨な事態を避けるため、仲人を挟

んでの堅苦しい形式は避けた。

まずは気軽に二人で会って、自然な付き合いを経て、身体を確認してもらった上での結婚が、双方のためだと考えたのだ。

そして、健全な付き合いまでは、すぐに辿り着けた。

でも結局、最後は同じだった。

いざ大事な場面がやってくると、相手はそそくさと脱いだばかりの服を身につけて、

『ごめんなさい……この先のことは考えさせてください』

『具合が悪くなってきたので、今日はこのへんで……』

『ちょっと……その、体格の違いが……』

なんて、あからさまに態度を変えてきた。

中には、『そんなの無理です……っ』と泣き出す子までいた。

自分の習慣や悪癖なら、改善の努力ができる。

でも、下半身の大きさは無理だ。

日に日に身体への嫌悪が募り、コンプレックスが膨れ上がった。

——世の中の男は、なんでデカい方がいいなんて信じてるんだ?

——俺は……俺は、こいつのせいで……。

——とにかく、今頑張らないと、俺は一生独り身で、童貞で……。

だ。

もう後がない。

祖父と縁のある企業の重役たちの間では、

『神崎家の跡取りは〝ワケあり〟なんじゃないか』

と噂が広がり、今では見合いを受けてくれる女性がなかなか現れなくなってしまったの

自分が恥をかくだけなら、まだいい。

でも、見合い相手を紹介してくれた祖父の顔にも泥を塗っている気がする。

それに祖父も、息子を早く失ったために、孫を待ち望んでいる様子だ。なのに輝良には、

『まあ、これぱかりは、縁と相性だからな……また必ず紹介するから。待っていなさい』

と慰めて、あちこち手を尽くしてくれているのが居た堪れない。

だから、今日こそチャンスを摑んで、この婚活を最後にすると決めてきたのだけれど。

食事が終わるまで、和美は心ここにあらずといった表情だった。

しかも最後は、腕時計にちらりと視線をやるなり、

「すみません、実は私、ちょっとこの後用事がありまして」

と立ち上がって、輝良が会計で慌てている間に、逃げるように去っていった。

身体以外の理由で振られたことのない輝良は、テーブルに肘を突き、両手で顔を覆った。

「なんで……何がいけなかったんだ？　やっぱり焦りって伝わるものなのか？　いや、趣

味がお菓子作りだって言ったのが敗因か……やっぱり女々しい趣味は隠しておいた方が……。もしくはもう、見るからに女運のない感じが漂ってるのかも……」

――っていうか、今日で最後のお見合いのつもりだったけど。

――本当にこれで最後なのか……？

一人反省会という名の沼に陥りかけ、ぶるぶると頭を横に振って、勢いよく立ち上がる。

「あーもう！　ジム行って筋トレして帰ろう！　筋肉は全てを解決してくれる!!」

が、店の出入り口で彼女のイヤリングを拾った。

急いでいたから、コートを着たときに落としたのかもしれない。

和美に届けるべくすぐ外に出ると、彼女は黒ずくめの男に追われていた。

犯罪染みた光景にぞっとして、慌てて追いかけたのだが――。

「ほら！　もう逃げも隠れもしないから、よーく見なさい！」

朗々と通る声に度肝を抜かれた。

狭い路地の、曲がり角の向こうへ首を伸ばし、目を凝らす。

暗いし遠いし、顔はよく見えない。

きっと、いや、絶対に別人だ。

だって、見合い中の、細くて今にも消え入りそうな声帯から、あんな声が出てくるわけがない。

でも――。

「私は和美の親友、藤原千尋よ。和美に頼まれて、駆け落ちに協力したの」

月明かりの下。

和美が――いや、悪漢（？）と対峙している知らない女が、得意げに腕を組むシルエットが、青白く浮かび上がる。

自分よりも大きな男を前に、一歩も怯まない。

小気味よく啖呵を切る千尋の勇姿に釘付けになって――全身に電流が走った。

こんな無謀で怖いもの知らずな女性、見たことがない。

まるでドラマのワンシーンのようで、手に汗を握って見守っていると、男が踵を返し、こちらへ走ってきた。

彼は輝良の横を素通りし、店の方へ引き返していく。

「ちょっと、人の話は最後まで聞きなさいよっ！　っていうか、今から探したって、無駄だからね～～っ！」

元気いっぱいの声を振りまくと、千尋は、見合いのときの控えめな笑みからは想像もつかない、晴れ晴れと輝く笑顔で、足取り軽くこちらへ歩いてくる。

「は～～！　やっぱり人助けって最っ高!!　一日一善どころか、十善したっていいくらい！　帰ったら最高級のハワイコナ開けちゃおっかな？　じっくり挽いて、ネルドリップで……」

――ああ、俺は、この女性《ひと》がいい。

天啓だった。

疑問はなかった。

なぜなら、なかなか結婚まで辿り着けず、既婚の友人に〝結婚相手と出会ったときの第一印象〟を聞き回っていたとき、

『なんとなく、あーこの人と結婚するだろうなと思ったんだよね』

と言った人が少なくなかった。

そんなことが本当にあるのか。

一体どうやったらわかるのだ。

後からそう思い込んでいるだけじゃないのか。

なんて訝しく思っていたけれど、とうとう、自分にもそんな女性が現れたのだ。

――今まで誰とも上手くいかなかったのも、彼女に出会うためだったんだ。

――ずっと童貞なのも、彼女と最高の初体験をするためで……。

まあ、それはいささか都合の良すぎる妄想だったかもしれないが――。

とにかく、運命の相手なのだと、理解《わか》った。

でも彼女は、違ったらしい。

輝良が話しかけると、暗い中でもわかるほど真っ青になって――。

「大変、大ッ変、申し訳ございませんでした……ッ！」

と、カフェで向かい合うなり、額をテーブルにぶつける勢いで頭を下げてきた。

全てを白状し、しおしおと小さくなった彼女に、黒ずくめの男を追い返したときの威勢の良さは、見る影もない。

が、彼女の話を聞いて、ますます運命の確信を深めた。

親友の純愛のためにあんな危険を冒すなんて、今までの淑やかな令嬢たちとは似ても似つかない。

話を聞けば聞くほど、彼女の義理堅さと、勇気と、まっすぐな心にぐんぐん惹かれていく。

善行を果たしながらも、しょんぼりと肩を落とす姿は愛らしくて――年上なのに、抱き締めて、守って、尽くしたい気持ちを掻き立てられる。

「あの、俺……もっと、藤原さんを知りたいです」

「は……はいっ？」

「その、藤原さん、とても魅力的な方だなと思って」

「……、……は……？」

そんなストレートな誘い文句が出たのは初めてで、自分で自分に驚いた。

千尋の行動を目の当たりにした影響かもしれない。

あんな勇気ある姿を見て、感化されないわけがない。

彼女と一緒になったら、人生がより豊かで素晴らしいものになっていくに違いない。

一方千尋は、目の前に運命の相手がいるなんて全く気付いていないようだった。

なんとか強引に次の約束を取り付け、店を出て、恐縮する千尋をタクシーに乗せてやり、重ねてデートの約束して見送った。

二台目のタクシーに乗り込んですぐ、彼女の名刺を取り出した。

〝カフェ万里　オーナー　藤原千尋〟

――経営者、ってことかな。

――すごいなぁ……飲食店の経営は、かなり厳しいらしいのに。

――やっぱり、今までお見合いしてきた女性とは、全然違う……。

彼女の名前を目にするだけで、頬が緩む。

ぽかんと口を開けて、少し間抜けな顔で見上げてきた顔を思い出して、ますます愛しさが込み上げる。

――もっと、藤原さんの……いや、千尋さんの素の顔を見てみたい。お見合い中の、演技をしてる姿じゃなくて……。

——俺のことも、知ってほしい。家族だって紹介したいし、俺の作ったケーキ、食べてほしいし。

——それに……いつか。

——いつかもっと関係が進んだら、俺の悩みも……。

運命を感じた彼女にまで拒絶されたら、そのときは、もう何もかも諦めがつく気がした。

弱みに付け込んで口説くなんて、どうかしていると思う。

でも、耐え難いほどの胃痛は、完全に消えていた。

2　パーフェクト御曹司の巨大なお悩み

クリスマスを週明けに控えた、土曜日の夕方。

今にも雪か雨が落ちてきそうな曇天の下、代官山《だいかんやま》駅を出た千尋は、大邸宅の並ぶ住宅街を歩きながら、マフラーの中で長い溜め息を吐いた。

清澄白河《きよすみしらかわ》にある千尋のカフェは週末がかき入れ時で、いつも千尋自身が店に立たないと落ち着かないが、経営は安定してきたし、オペレーションを任せたスタッフは有能で、信頼している。

だからもちろん、溜め息の理由は、店の心配ではなくて。

「口説くって何？　しかもパーティーって……しかも自宅って⁉」

真冬の住宅街で人気がないのも相まって、ついつい心の声が漏れてしまう。

「はぁぁぁぁ………」

そう。あの見合いの翌々日、輝良から送られてきたデートの案内は、まさかの、自宅の住所だった。

もう一度溜め息を吐いて、地図アプリを開いたスマホを片手にあたりを見渡す。

高級住宅地の家々は、どれも美術館のような佇まいだ。

「ああ……このまま道に迷って、永遠に着かなければいいのに……」

――個人宅でのパーティーって……どういうこと？　てか実家に住んでるの？

――いや、実家のパーティーに呼ばれるわけないか。じゃあ持ち家？？

――もしそうだとしても……結婚前にこんな高級住宅地に一軒家を持つ意味って何？

女に経済力見せつけるためかぁ？

胸中でぐちぐちと文句を言ってストレスを誤魔化そうとしたが、余計にキリキリと胃が痛んだだけだった。

でも、和美の手助けをしたことは、全く後悔していない。

また同じことになるとわかっていても、同じ行動を取るだろう。

千尋がここまで人助けに執念を燃やし、生き甲斐を覚えるようになったのは、大きなきっかけがある。

八歳のときに経験した、妹の死だ。

一緒に下校中、急ブレーキの音とともに目にした光景を――千尋は一生忘れられないだろう。

一歳下の妹、万里は、思いやりに満ちた優しい子だった。

『万里は、お姉ちゃんの後でいいよ』

『これ、お姉ちゃんにあげる』

いつもそんなふうに言って千尋に譲る、姉より姉らしい子だった。

千尋は妹を溺愛し、妹も千尋を一番に慕っていた。

いつだって、何をするにも一緒だった。

並んで歩いていたのに、どうして事故に遭ったのが自分ではなかったのだろうと、今も思う。

妹が生きていたら、彼女の優しさに救われた人は、たくさんいたはずだ。

なのに偶然、自分が生き残ってしまった。

だからこそ、妹の分も誰かの助けになろうと心がけるようになった。

カフェの経営も、万里の影響だ。

ケーキ屋を開くことが、妹の夢だったから。

当初はパティシエを目指そうと思ったけれど、学んでいくうちに、ケーキを専門にして生計を立てられるほど器用ではないなと自覚した。

と同時に、千尋自身はカフェに憧れていたこともあって、具材で季節感やバリエーションを出しやすいロールケーキをメインにした店を開くことにしたのだ。

〝カフェ万里〟は、妹と一緒に築き上げた、大切な店だ。

そして妹を見習って信条としている人助けは、心が洗われる。

――とはいえ……！

――とはいえ、だよ……！

もし本気で迫られているのだとしても、ボランティアで付き合うほどの度量はない。

カフェの経営が一番大事だし、ましてやこんな出会い方だし、しかも相手は破談になりまくっている男だ。

かといって、完全に素っ気ない態度を取るわけにもいかない。

万が一輝良を怒らせたとき、和美の行く末や父の仕事に影響が及ばない、とは言い切れない。

だから数日前、妹の仏壇に線香を上げがてら実家に顔を出した。

冷や汗ものの状況になる前に――いや、もうなりかけているけれど――せめて父親には、今回の出来事をあらかじめ報告しておくべきだと考えたのだ。

父は怒らなかった。

ただ呆れ顔で、

『まあ、うん、終わってしまったことは仕方ないな。それより……パパは千尋のことが心配だよ。店を開いたり、困った人に手を差し伸べたり、万里を思って行動するのは悪いことだとは思わないけどね、ちょっと背負いすぎて、親切中毒になっているところがあるんじゃないか？　もっと、お前自身の幸せというか……。この間も、お客さんの猫探しまで手伝ってただろう。え？　猫じゃなくてマイクロブタ？　……まあとにかく、本当に仕事一筋で独身を貫くつもりか？　いい相手はいないのか？』

と、何が『とにかく』なのか全くわからないまま、話をすり替えられてしまった。

さらには、オープンキッチンで料理をしていた母親まで乗ってきて。

『今までのお見合い相手は仕事に理解がなかったって言ってたけど、神崎さんは、素の千尋ちゃんを見た上でデートに誘ってくれたんでしょ？　いいご縁なんじゃない？　ママ、昔パパと一緒に参加したパーティーで神崎製菓の前社長の奥様と知り合って、何度かお茶をしたことがあるんだけど、旦那様に先立たれたのに、明るくて上品で、とっても素敵な方だったわよ。彼女の育てた息子さんなら間違いないわ！』

もう、めちゃくちゃである。

もちろん千尋は真面目な顔で、

『お詫びにデートする羽目になっただけで、好きでもなんでもないの。パートナーも子供もいらないし、カフェが大事！』

と、言い返したが――。

『もし神崎さんと上手くいかなくても、またパパがお見合い相手、探してきてやろうか？　三十なんてあっという間だぞ？　そうなったら、なかなか厳しいだろうし……』

なんて、本気の説得が始まってしまった。

――親の気持ちも、わかってる。

――私が、万里のことをいつまでも引きずってるように見えて、心配してるんだってことも。

元々教育熱心で、千尋も弁護士になることを期待していた両親だったが、妹の死後は、千尋の心の傷が癒えることを一番に願って、勉強に関して何も言わなくなった。父の事務所は、弁護士になった兄が継ぐだろう。

妹の死で、家族の時間は一度止まった。

が、癒えない悲しみを抱えつつも、両親と兄は少しずつ自分の人生へ戻っていった。

――でも、私は……。

――万里を過去に置き去りにしたくない。

千尋にとって何よりも大事なのは、妹の夢でもあった、今の仕事だ。

大学を卒業してから数年は飲食店やケーキ店で働いてノウハウを学びつつ資金を貯め、資格を取り、経営が厳しいと言われる飲食店を、なんとか二年半続けてきた。

最近は常連客も増え、やっと経営が軌道に乗って、二号店を開く計画を想い描きはじめたところだ。

――妹の最後の瞬間を見たのは、家族の中で、私だけだから。

――だから絶対、私だけは……。

もう一度曇天を見上げ、事故の日のことを思い出しかけて――記憶の中の万里に、『お姉ちゃんはずっと一緒だよ』と声をかける。

――とにかく。なんとかして、今日を乗り越えないと。

彼の目的が何にせよ、こちらへの興味を削ぐしかない。

――ただ、〝男遊び大好きアピール〟は失敗しちゃったから、今度は……。

彼のようなセレブの集まるパーティーとなれば、パーティードレスで高級ワインでも持ち寄るのが常識だ。

だからこそ、その逆を取ってみた。

ダウンコートの下は、着古した野暮ったいセーターと、デニムパンツ。

メイクは、色付きのクリームとリップをさっと塗って、眉を整えた程度。

気心知れた女友達と遊ぶときでも、もう少しお洒落をしていくかな……というくらい、冴えないチョイスにしてみた。

見合いでは全身和美のコーディネートで、どれもこれもハイブランドのお嬢様スタイルだった。バッチリ化粧を決め、髪も巻いていたから、今日は全く異なる印象を与えられるはず。

とどめに手土産は、手作りのリンゴのパイケーキだ。

『あ、私、アナタとは違って、超一般人なのでぇ……。普通のホームパーティーだと思ってましたぁ！　てへ！　こんな失礼で場違いな女、何の役にも立たなそうだし、恥ずかしくて連れ歩けないでしょ？』

そんなアピールになることを願って。

「うーん、もうすぐ見えてくるはずだけど……」

立ち止まって、地図アプリに示された自分の位置と、道の向こうを確認する。

目を凝らしつつ近付くと、遠くまでずーっと続く、ナチュラルホワイトの塀が見えた。

「うっわ。あれかぁ～……。くぅう、でかいなぁ。でもやっぱこれ、実家暮らしってことじゃない？　四歳も年下とはいえ、いい歳した男がぁ～……」

ぶつぶつと呟いて緊張を誤魔化しつつ、インターホンを押す。

幼少期、親の付き合いに連れて行かれてこの手の豪邸を訪ねたときは、家政婦が出てきたものだった――が。

『ああ、千尋さん！　今鍵を開けたので、玄関までどうぞ！』

輝良だ。

しかも、馴れ馴れしく下の名前で呼ばれて面食らう。

前回見合いをしたときの、優等生然、エリート然とした姿からは想像も付かないほど、やけに声のテンションが高い。

さらには彼の声の後ろから、

『きゃははは！　やだぁ〜〜もぉ〜〜』

『ね〜、もう一回しよ！　もう一回！』

なんて、完全に酔いが回ってできあがっているような若い女性の声が複数して、千尋は硬直した。

——え……、……え？

——ちょ……ちょっと待って。

——パーティーって、もしかして……。

てっきり、サロン的な、優雅なものを想像していた。

けれどもしかして、某区の勘違い成金男たちが一晩の享楽を求め、玉の輿狙いの女を掻き集めて開く、あの下心いっぱいのパーティーなのだろうか。

——ど、どど、どうしよう……!?　そっちの想定はしてなかった……！

——とはいえ、玄関に入った途端に中に引きずり込まれて押し倒される、なーんてことはないだろうし。怪しい展開になったら、普通にお断りして帰ればいいだけだよね？

——でも、変な薬入りのお酒を勧められて、とかは、ありえそうな……。

どうも輝良のイメージとはそぐわないが、男は狼だとか言うし、見合いで演じていた千尋同様、彼にも別の顔があってもおかしくはないだろう。

いざとなったらケーキを投げつけて逃げよう、と腹を括り、前庭の小径を進む。

玄関扉の前に着くと同時に、勢いよく扉が開いた。

「こんにちは！　ああ……来てくださってよかったです！　駅までの送迎、断られちゃったので、もしかしたらいらっしゃらないかもってドキドキして……！」

硬直してしまったのは、輝良のノリが妙に軽かったせいではない。

彼のセーターに釘付けになったからだ。

ど派手な赤地に、白い星が並んでいる。

それだけならまだ――まだ、クリスマスらしい装いとして、ギリギリ許容範囲だったかもしれない。

でも胸のど真ん中で、サングラスをかけたウサギらしき生き物（耳が中途半端な長さで、猫か犬かウサギか定かでない）がピースをしていた。

いわゆる、アグリーセーターだ。

ネットで見たことはあるけれど、現実世界で着ている人は初めて見た。

似合っているか似合っていないかといえば――わからない。

もしここがパリで、ファッションブランドの新作発表会の舞台だったら、賞賛の眼差しを受けた可能性もある。

だって彼は、モデルを名乗ってもおかしくないくらい長身で、超絶美形なのだ。おそらくワンコインのペラペラなティーシャツでも、一流のものに見えてしまう。

ただ少なくとも、

『これから一発ヤるために女を口説いてやろう』

というときの装備でないことは確かだった。

——え……何……。

——笑った方がいいの……？

——突っ込まれ待ち……？

——何も触れないのは失礼？

——いやでも、…………。

「……？　どうしました？　もしかして気分でも……」

「……いえ、……あの、……それ、なんですか、」

「え？　それ？」

首を傾げた輝良は、数秒考えて——千尋の視線の先、自分の胸元へ目をやった。

「あ……ああ！　すごいでしょう？　これ、下の妹が編んでくれたんです！　高校二年生なんですけど、手芸部で」

違うそうじゃない。

でも、あまりに嬉しそうで自慢げなものだから、『なんでそんなの着てるんですか？』とは聞けず、

「あー……その……い、生き物？　何かなって……」

と、興味のあるような質問をするのが精一杯だった。

「なんでしょうね……。俺も気になったんですけど、『上手く編めた！』って満足そうにしてたから聞けなくて。でも、可愛いからいいかなって」

輝良がにこにこと首を傾けたとき、家の奥の方から再び、

「きゃ〜っ」

と、女性のはしゃぐ声が聞こえてきた。

それから、ぱちぱち、とまばらな拍手。

アグリーセーターに気を抜かれてしまったが、もしかしてもう、合コンを盛り上げる類いのゲームでも始まっているのかもしれない、と気を引き締め直す。

「さあ、入ってください。寒いですから」

いつでもケーキをぶん投げる心の準備をしつつ、靴を脱いで家に上がった。

中は、外から見た印象を上回って広々としていた。

リビングへ続く廊下には、何枚かの油彩の風景画が飾られている。

「こっちは、上の妹が描いたんですよ。美大に通ってて。写真も得意なんです」

「すごい……クリエイティブなんですね」

素直に感心していると、リビングらしきドアの向こうから、再びきゃいきゃいと女子がはしゃぐ声が聞こえてきた。

「すみません、うるさくて。うち、いつもこんな感じで……」

輝良が、苦笑交じりにドアを開ける。

男女の爛れた現場を想像して、ホールケーキの入った紙袋の持ち手をぎゅっと握り、リビングに足を踏み入れた。

まず目に飛び込んできたのは、部屋の奥にある、二メートル近い巨大クリスマスツリーだ。

その手前の大きなローテーブルには、ペンやカードや、色とりどりの小さなコマがごちゃごちゃと散らかっている。どうやらボードゲームのようだ。

そして、そのテーブルを囲んでいるのは、女を侍らせた、いかにも下心満載の男たち——ではなく。

「わ。初めまして〜！」

「初めまして！　あっ。マフラー可愛い！　私の作ったお兄ちゃんのセーターとお揃いみたい！」

「よくいらしてくださいました。外は寒かったでしょう？　道に迷いませんでしたか？」

若い女の子が二人と、中年の女性が一人。

輝良の「母と妹です」という紹介を受けてまたも面食らう。

「こら、希美《のぞみ》。俺とお揃いだなんて……失礼だろう」

「何で？　赤いとこ、色そっくりだよ」

「希美、お兄ちゃん照れてるんだよ。千尋さん千尋さん、こっち！　一緒に遊びましょ！人が多い方が楽しいから！　ルールも簡単だし」

希美と呼ばれた女の子——おそらくセーターを編んだ下の妹だろう——が頬を膨らませ、姉らしきもう一人が千尋に手招きをする。

——え……。

——本当にただの、ホームパーティー？

——それも、超プライベートな……。

空気の読めない女として選んだカジュアルな装いは、浮くどころか、完全にマッチしている。

だって妹二人も、千尋と同じようなオーバーサイズのセーターとパンツ姿、加えて若いとあってノーメイクだ。

——いや……そういえば、ドレスコードとか、何も指定はなかったし。

――『気軽に来てください』って添えられてはいた、けど……。

呆気にとられている間にも母親が立ち上がり、輝良の隣に立って頭を下げた。

「初めまして、輝良の母です」

「あっ……初めまして、お邪魔いたします、藤原千尋と申します……！」

カシミアのセーターに、パールのイヤリング。

母が好印象を抱いたと言っていた通り。

瞳に知的な光が瞬く、いかにも品の良い婦人だ。

初対面なのに親しみ深く感じるのは、彼女の笑顔が、心からの歓迎を示してくれているからだろう。

「このたびはお招きいただき、ありがとうございます。あ……！　これ、お口に合うかわかりませんが……」

「まあ、ありがとうございます。もしかしてケーキかしら？」

紙袋を受け取って、輝良の母がにこにこと覗き込む。

「ええ、でもちょっと、その……実は、手作りで……。初めてお目にかかるのに、ご無礼でした。もっと、ちゃんとしたものをご用意すべきだったのですが……」

初対面で手作りの食品が手土産というのは、常識を疑われても仕方ない。

なのに――。

「手作り⁉」

「やっぱり、カフェのロールケーキも千尋さんが作ってるんですか？」

「えっ……、ええ……」

二人の妹たちが食いついて、はしゃぎはじめた。

「わあ～！　嬉しい！　今日はお兄ちゃんの作ったやつより、千尋さんのケーキ食べたい～！」

「私も！　カフェのホームページ見て、すごく食べてみたかったんですけど、行ってみようよ～って言ったら、お兄ちゃんに全力で止められて！」

「あのな。当然だろ。身内が仕事場を見に行くなんて……」

「じゃあデザートのときに、輝良のケーキと両方並べて、取り分ける形にしようかしら？　紗也香《さやか》、希美。ゲームは後にして、配膳を手伝って。まずはお食事にしましょう」

母親が呼びかけると、娘二人が「はぁーい」と少し不満そうに返事を重ねた。

母娘でオープンキッチンとダイニングを行き来して、皿やグラス、料理を並べはじめる。

どうやら、準備はほとんどできているようだ。

「千尋さん、コートやマフラー、お預かりします。ほんと、騒がしくてすみません」

「い、いえ……」

輝良に荷物を手渡すふりで顔を近付け、声を潜める。

「あ……あの。私のこと、どう説明してあるんでしょうか。もしかして、身代わりでお見合いを受けたこととか……」

「まさか！　お見合いで知り合った、って伝えました。ただ……母と妹たちに『女性を実家にお招きするなんて初めてじゃない！』ってはしゃがれて。話の流れで、もうお付き合いしていることになってしまったので。俺のことも下の名前で呼んでいただけますか？」

「!?　そんな……」

「今日一日だけですから。お願いします」

「うう……」

自然とこちらの警戒を解いてしまう輝良の笑みは、母親譲りなのかもしれない。

——でもまあ確かに、ご家族に紹介って、普通はそこそこの関係性があってのことだし、呼び方くらい、仕方ないか……。

——それにしても、嘘ついて騙して、あんなはっちゃけた場面を見せたのに、実家に招くって、つまり……これって本当に……。

輝良は千尋の動揺に気付いたのか、千尋のコートとバッグをコートハンガーにかけながら、穏やかに続ける。

「もしかして、ドレスコードのあるような、華やかなパーティーの方がお好みでしたか？」

「えっ、いいえ、そんなことは。むしろあの手のパーティーは、あまり得意ではないので」

「よかった。俺もです。政治色の強い場所は、疲れてしまって」

「え……」

「それにデートにお誘いしたとき、『どこまで本気かわからない』って言われてしまいましたし。一回きりのチャンスなら、俺のことをできるだけ知ってほしかったので……実家にお招きするのが、一番いいかなと思ったんです」

「……っていうか、あの、これって、」

「お兄ちゃん！　千尋さん！　できたよー、乾杯しよ～！」

まさか本気で口説いてるんですか――と聞きたかったのに、キッチンから飛んできた妹の声で搔き消された。

「ああ、今行く。さ、千尋さん、こちらへどうぞ」

輝良がリビングの椅子を引いて促す。

料理は、デリバリーかケータリングだろうか。

テーブルの中央には、ローストビーフのサラダに、ローストチキン、シーフードパエリア、それに数種類のカナッペやピンチョスが。さらに各席の前には、取り皿とミネストローネスープが用意されている。

どれも見栄えのする盛り付けで、赤を基調としたテーブルコーディネートと合わせて、ぐっとクリスマス気分を搔き立てられた。

向かいの席に着いた彼はごく自然な笑顔で、やっぱり、作りごとをしている様子は一切ない。

しかも、乾杯とともに食事が始まると――。

「お兄ちゃん、チキン取り分けて～」

「ん。このくらい？　多すぎる？」

「私も～。お姉ちゃんよりちょっと少ないくらい！」

「はいはい。千尋さんも、もっと食べますか？」

「いえ、私は充分で……」

「輝良、同じワイン、もう一本あるかしら？」

「確かあったはず。待ってて、見てくる」

輝良は、飲み物をグラスに注ぎ、料理を皿に取り分け、足りないカトラリーがあれば席を立ち、スープのおかわりが欲しいと言えば温め直し――甲斐甲斐しく給仕を始めたのだ。

何だ何だ、良いところでも見せようとしているのかと勘ぐったが、家族が当然のように輝良を頼っている様子から、特別な行動というわけではなさそうだ。

それで、なんだか――拍子抜けしてしまった。

――お見合いのときは、テンプレート会話のつまらない男、なんて思ったけど。

――今の輝良さんはすごく自然で、気さくで。

――素敵なご家族で……。

それにしても、どうしてこんな豪邸に家政婦がいないのだろう。

そんな疑問を抱いたことに気付いたのか、母親がスープに手をつけながら微笑んだ。

「我が家は夫が亡くなってから、皆塞ぎ込んでいたんですけどね。まだ中学生の輝良が『これじゃいけない、家族の時間を持とう』って言って。それから週末や行事のある日は家政婦さんにお休みを取っていただいて、家族水入らずで過ごすと決めているんです。輝良は一人暮らしを始めてからも、しょっちゅう顔を出してくれて」

「そう……なんですね」

どうやら、実家暮らしではないらしい。

それよりも、輝良の行動力に驚いた。

――偉いな……。

――私は妹が死んだとき、小学生だったとはいえ、周りへの気遣いなんて、全然考えられなかったし。

――ごく自然に妹について話せるようになったのも、カフェを開こうって目標に向かいはじめてからだし……。

実家でも、こうして家族全員で行事や祝いごとを楽しむことはなくなっていた。

なぜなら、妹がいないと再確認しているようで、千尋が耐えられなかったのだ。

「母さん。今日はそういう話は……」

ワインボトルを片手に席に戻ってきた輝良が、眉を寄せる。

「まあ、いいじゃない。お客様からは聞きにくいことだし、絶対気になるでしょう？　ねえ？」

千尋は曖昧な笑みで恐縮しつつ、ローストチキンを口に運ぶ。

「わ、すごい、美味しい……！」

「今日の料理は、お兄ちゃん作、なんですよ！」

「え……えっ？　これ、全部ですか？」

「お兄ちゃん、お菓子作りが趣味だけど、料理もめちゃくちゃ上手いんです」

「今朝からずーっとキッチンに立ちっぱなしで。ねー？」

姉の紗也香と、妹の希美が、順に兄に目配せを送る。

「家政婦さんがお休み取ってるときは、わざわざうちに戻ってきて、掃除洗濯もぜーんぶしてくれるし！」

「そうそう。私、お兄ちゃんより良い男見つけられる気がしないもん。千尋さん、お兄ちゃんと結婚したら、絶対お得ですよぉ！」

「っ!?」

思わず口の中のものを吹き出しそうになったが、彼女たちにとっては、結婚前提の見合い相手に見えているのだ、と思い出す。

それにしても、家族ぐるみで囲い込まれている気がして落ち着かない。

「あ……あは……はは……。す、素敵なお兄さん、なんですね」

「はい！　世界一の兄です！」

「希美、ちっちゃい頃から『お兄ちゃんのお嫁さんになる！』って言ってたもんね～」

「二人とも、食べながら喋るのはやめなさい……！」

輝良が顔を赤くしつつ千尋のグラスにワインを注いでくれる。

千尋はあまりの気まずさに、俯いたまま咀嚼するだけで精一杯だった。

最後に出てきた輝良の作ったガトーオペラは、プロも顔負けの美しさだった。

ケーキ全体をコーティングしているチョコレートの上には金箔が散りばめられ、ナイフを入れると、ビスキュイジョコンドとバタークリームとガナッシュが綺麗な層を織りなしている。

「すごい……！　ご自宅で、こんなに本格的なものを作ってるんですか？」

「休日は家でゆっくり過ごすのが好きで。せっかくなら、家族に喜んでもらえる趣味を始めようと思ったんですよね」

話を聞くと、お菓子作りの愛好家でないと耳にしない乳製品のブランドや商品名がぽんぽん出てきて、素材に至るまでかなり拘っていることが窺える。

何より彼の腕は、味が証明していた。

口に入れた瞬間笑みが溢れて、すぐに二口目を頬張りたくなる。

「っ……美味しい……！　見栄えも素敵ですし、うちのお店のお客様にも喜ばれそうです」

「今回は、千尋さんのために、って、いつもより張り切ってたもんねぇ～」

「ねぇ～～？」

妹二人に視線を投げられた輝良の顔は、これ以上ないほど赤く染まって、彼女たちの言葉が真実であることを如実に語っていた。

「お客様をお招きするんだから、当然だろう……！　千尋さんのケーキも、最高に美味しいです。これ、もしかしてパイ生地から手作りですか？」

「えっ、そうですけど……よくわかりましたね」

「市販の生地とは、バターの風味が全然違います。俺はいつも、手抜きして冷凍のパイシートを使っちゃうので」

「プライベートでケーキを作るのは久々だし、仕事ではロールケーキばかりだから、じっくり取り組んでみようかなと思って」

「……そんなに、手間暇かけてくださったんですね。嬉しいです」

「あー…………」

——うっ……うわぁああ……余計なこと言ったぁあ……っ！

——何かに集中してないと、今日のこと考えて鬱々としちゃうからってだけなのに、張り切って準備してきたみたいじゃない!?

——いやでも、ケーキ談義になると、つい……!

「あの、後でパイ生地のレシピとコツ、教えていただけますか？」

「えっ……ええ、もちろんです」

嬉しそうに千尋のケーキを頬張る輝良を見て——何より、輝良のケーキの味から、彼の心の温かさが伝わってくる気がして。

——私、テンプレ会話でつまらない男だとか、酷い決めつけをしてたかも……。

でも、なぜ縁談が上手くいかないのだろう。

多くの女性にＮＧを突きつけられたことには、必ず理由があるはずだ。

でなければこんなに若くて優秀で、近寄り難いほど何もかも揃っている男性が、売れ残るはずがない。

そしてなぜ、千尋を口説いてきたのか。

——まあとにかく、無事に一日を終えられそうだし。

——一度デートしたら水に流す、って約束だし。

——この後は、普通にお断りすればいいだけだもんね。

——ご家族には未来の嫁だと思われてるのが心苦しいけど……!!

食事の後は、五人でボードゲームを楽しんだ。

正体隠匿系のパーティーゲームで、輝良は嘘を吐くのが大の苦手らしく、毎回負けて、妹たちに「もっと世渡り上手くならなきゃ」なんて突っ込まれていた。

引き留められることもなく、十九時近くなると、

「あまり遅くなると危険ですし。寒いから、帰りはお送りします。ガレージから車を回すので、少し家の前で待っていてください」

と言って、千尋が遠慮する前にさっとリビングを出て行ってしまった。

車内で二人きりになるのは気まずいが、こんなほんわかした時間を過ごした直後に、突然狼に豹変、なんてことはないだろう。

肩の荷が下りた気分で外に出ると、空は相変わらず分厚い雲に覆われて、月も星も見えなかった。

路上まで見送ってくれた母親が、深々と千尋に頭を下げる。

「今日は本当にありがとうございます。あんなに嬉しそうな息子を見たのは、子供の頃以来かもしれません」

「そ……そうなんですか？　でも、とても仲の良いご家族だとお見受けしましたけれど……」

「ええ。でも息子は……ずっと父親の役割をこなそうとして、私や妹を優先してきたんで

す。それにお見合いを始めてからは思い詰めた顔ばかりで……私も娘たちも、心配していたものですから」

「そう、だったんですね……」

輝良を褒め称え、必死に千尋との仲を取り持とうとしていた妹二人を思い出す。

あれは兄の幸せを願う、いじらしい気持ちからだったのだろう。

けれど相槌以外、返せる言葉はなかった。

そもそも本当の見合い相手ではないし、今日でサヨナラ！　なんて思っていたのだ。

が、母親は目元を押さえて、声を震わせはじめた。

「今までは、私を安心させるために無理をして、跡継ぎを作ろうとしているように見えたけれど……あの子、本当に千尋さんが好きなんだと思います。ですから……年下で頼りなく思うかもしれませんが、どうか、どうか息子をよろしくお願いいたします……！」

「え……えッ⁉　や、やだそんな、やめてください……！」

深々と頭を下げられて、千尋は完全に参ってしまった。

ちらりと道を振り向いたが、まだ輝良の車が来る気配はない。

「あら、やだ私。これでやっと主人に良い報告ができるかもと思ったら、つい……」

ぐっと胸が締め付けられたのは、まさに千尋自身、二年半前カフェを開いたときに、

『万里の望み、やっと叶えたよ！』

と妹の墓前で報告したことで、ほんの少しだけ胸が軽くなったからだ。

彼女は、すぐに千尋の動揺と困惑を察したらしい。

「年を取ると気が早くなっちゃって……ごめんなさいね。今の話は、全部忘れてくださって構いませんから……」

その気遣いに、余計にいたたまれなくなってしまう。

結局上手く言葉を返せないまま、輝良の運転する車が門扉の前で停まった。

「寒い中でお待たせしてすみません。妹が画材やらキャンバスを運ぶのに、俺の車を使ったみたいで、片付けるのに時間がかかってしまって」

「い、いいえ」

輝良はわざわざ外に出て、助手席のドアを開けてくれた。

車窓から母親に頭を下げると、彼女は千尋の気持ちを悟ったのか、どこか悲しげに微笑んだ。

バックミラー越しに手を振り続けてくれて、母親の姿が完全に夜の闇に溶けて見えなくなると、思わず溜め息が零れてしまう。

「……すみません、疲れさせてしまいましたよね」

「あっ、いえ……！」

「妹たち、あんなにはしゃいで揶揄《からか》ってくるとは思わなくて。ボードゲームも、無理して付き合ってくださってるんじゃないかって、冷や冷やしました」

「そんな。ただ……ちょっといろいろ、想像と百八十度違ったといいますか」

私も楽しかったです、なんて無責任なことは言えなかった。

今頃、家に戻った母親から『千尋さんは、結婚の意思はないみたい……』と聞いて落ち込む二人の妹を想像して——再び溜め息が零れてしまう。

「あの……とにかく、これで前回のご無礼は、全て水に流していただけますよね？」

「それはもちろん。はじめから怒ってなんていませんし。……でも、それって……」

輝良はしばらく何か考え込んだ様子で——車を、路肩に停めた。

「……輝良さん？」

まだ住宅地から出てすらいない。

あたりは静かだ。

ただクリスマス直前とあって、どの邸宅もイルミネーションで彩られ、温かみのある電球色のライトが点滅していた。

輝良の向こうに見える邸宅も、隣の家と張り合うように煌々と輝いている。

光に縁取られた輝良が、まっすぐ千尋を振り向いた。

「次のデートは、ないということでしょうか。もう一度口説くチャンスは……いただけませんか？」

「っ……そ、そりゃあ……そうです」

いかに人助けが信条とはいえ、親切心だけで、結婚や出産なんてできない。

「そっか……、そう、ですよね……。お菓子作りの話も盛り上がったし、もしかしたら、なんて期待しちゃって、恥ずかしいです。運命の人だ！　なんて思ったけど……あっけないものですね」

「う……うんめい？」

仰々しい言葉に仰け反ると、輝良は悲しげに笑った。

「……はい。あの日……千尋さんが啖呵切ってる姿、とっても輝いて見えて。俺、千尋さんがいい、きっとこの人と結婚する、って思ったんです」

「………、……そう、ですか……」

本気でそこまで思われていたなんて想定外だが、ともあれ――話は、これで全て終わりだ。

なのに輝良はハンドルに手をかけて俯いたまま、なかなか車を出さない。

エアコンが効きはじめて、車内が少しずつ暖かくなってくる。

「あ、あの？　まだ何か……」

輝良は思い詰めた表情で、再び千尋を振り向いた。

「……せめて、理由を教えていただけませんか？　いろいろと……綺麗すっぱり諦めて、区切りをつけたいので」

確かに、運命とまで思ったのなら、理由くらいは知りたくなるだろう。

――もう二度と会うことはないし。お母様にも、あんな期待を抱かせてしまったし。

――別れ際くらい、ちゃんと伝えるのが、誠意かも……。

千尋は一呼吸して、フロントガラスの向こうの、一番遠くの明かりを見つめた。

それから、少しだけ息を止めて――。

「私にも……妹がいたんです。名前は、万里って言って……」

「え……」

空気が、ぴんと張り詰めた。

輝良の視線を、頬に感じる。

「いつも自分より人の気持ちを考えてる、優しい子で。でも……一緒に下校していたときに、事故で、亡くなってしまって」

一呼吸置くと、輝良が何か言いかける気配があった。

が、千尋は構わず続ける。

「カフェのメインがロールケーキなのも、妹の夢がケーキ屋さんだったからなんです。やっと経営も安定してきて、妹の好きだった旅行先に二号店を開くって次の目標も決まってます。これでも私は経営者で……カフェ万里は、何よりも大切なものなんです。デートだとか他のことに気を取られて、中途半端に向き合いたくないんです」

一息に伝えて唇を舐め、また大きく息を吸う。

「それに……正直、積極的に大切な人を増やす気にもなれなくて。また失う悲しみを経験することになったら……辛すぎるから。全く想像できませんけど、万が一いつか結婚する日がくるとしても、本当に好きな……それこそ、運命を感じるような相手ができたときかなと」

言外に、私はあなたに運命を感じていません、と伝える形になってしまったが、全てが本心だ。

これで納得してもらえなかったら、もうどうしようもない。

「そんなわけですから。はじめにお伝えした通り仕事第一で、結婚願望は一切ありませんし、ましてや子供なんて想像もできないので……ごめんなさい」

そう締めくくると、輝良はしばらく何も言わなかった。

じっと千尋の横顔を見つめ、それから、長い溜め息とともにヘッドレストに頭を預ける。

「辛い話なのに……教えてくださって、ありがとうございます」

「いえ、そんな」

「……でもやっぱり。俺、余計に、諦めたくないって思っちゃいました」

「え……？　でも私、和美から聞いてます。ずっとお見合いでお相手を探していたんです

よね？　それならお子さんは絶対に欲しいでしょうし……」

仮に世襲制の企業でなくとも、富裕層間の見合いであれば、跡継ぎを求められることは暗黙の了解だ。

こんな、全く響かない相手に拘っている場合じゃないのでは？　と言いたくなる。

「そうですね……。親族にもそう望まれてますし、昔から妹の世話をするたび、将来は子だくさんがいいなぁ、なんて思ってました。でも……」

輝良は、困ったように笑う。

「今回のお見合いで縁がなかったら、全部諦めるつもりだったんです。いや……本当は、もっと前から諦めていたのかもしれません」

「え……」

「元々子供どころか、性生活のない関係の方が、お相手にとっては幸せかもしれない、なんて思うこともあって。会社も、もう世襲がどうの、なんて時代じゃないですしね。有能な方がたくさんいますから」

そういえば前回、不貞アピールが響かないどころか、浮気は歓迎、というようなことを言われたなと思い出す。

「ただ、母が病床の父に『孫の顔を見るまで頑張らないと！』って励ましていた姿が忘れられないことと……妹たちには、跡継ぎだとか考えず、好きな男性と一緒になってほしくて、努力していたんですけど……」

彼の向こうでは、相変わらずイルミネーションが輝いている。

なのに、光に縁取られた輝良は――哀れなくらい意気消沈していた。

千尋にはわかる。

後に残された人間の感じる責任感は、とても重いものだということを。

だから――こんなときこそ、手を差し伸べられる人間でありたくて。つい、

「性生活がない方が幸せって、どういう意味ですか？」

と、踏み込んでしまった。

輝良は、雨に濡れた子犬みたいな顔で千尋を見た。

それから、気まずそうにイルミネーションの方へ視線を逸らして唇を噛む。

「何か悩みがあって、もしそれが解決することなら……次のお見合いは、成功するかもしれないじゃないですか。そうしたら、お母様や妹さんたちも……」

輝良が、ふっと微笑んだ。

彼の背後の窓ガラスに、ぽつり、と、一粒の雨がぶつかり、流れ落ちて、イルミネーションの光を滲ませる。

「やっぱり、千尋さんは優しいです。話せば話すほど……ますます好きになっちゃいます」

「う……」

やっぱり、余計なことを聞いたかもしれない。

気まずい沈黙を埋めるように、ぽつっ、ぽつ、と、雨が軽快な音を立ててガラス窓にぶつかった。

たった数秒の間に、一気に本降りになる。

雨音のノイズが続く中、輝良が、苦しげに口を開いた。

「……そうですね。振られてしまったから……もう、二度とお会いすることもありませんし。千尋さんが打ち明けてくださった話と比べたら、ほんと、大したことじゃないので。恥を忍んで、言ってしまうと……」

決意を見せながらも、輝良はまた躊躇した。

しばらくの後、ごにょごにょと唇が動く。

が、盛大な雨音と、エアコンの自動調整機能が働いて、ごーっ、と勢いよく空気を吐き出す音に掻き消された。

「……え？　ご、ごめんなさい、何ですか……？」

「……、お……、……っきい、……んです……」

「……？　お？　きい？」

こくり、と輝良が首を縦に振る。

「えっと……？　身長、ですか？　確かに、百八十センチは超えてそうですもんね。でも高身長を好む女性は多いんじゃ、」

「……いえ、身長では、なくて……」

「？」

「……せ……、…………セックス、のとき……」

乗用車が横を通った。

ばしゃばしゃ、と路面の水が跳ねる音が響く。

よく見ると、輝良の横顔には、薄らと脂汗が滲んでいる。

「女の子……皆、ぎょっとしたり、引き笑いしたり……。大きすぎて、無理だって……気持ちが悪いって、泣き出した子までいて……」

激しい雨音に、いくぶんか沈黙が救われた。

意味を理解し、飲み込むのに、たっぷりと三十秒――いや、一分くらいかかった。

それから、悩みに共感するのに、さらに三十秒ほどかけて――徒労に終わった。

仕方ない。

だって千尋にはついていていない。

想像するしかない。

でも輝良は悩みを打ち明けて、抵抗が吹っ切れたのだろう。

大きく息を吸うと、気まずい空気を打ち消すように、残りの不安を一気に吐き出しきった。

「それでどんどん自信がなくなって。最近はお見合いでも身構えてしまって……お付き合いまで辿り着くのも難しくなって。はじめに脱いだだけで怯えられちゃうから、いい歳して、未だに……女性経験もないですし」

また、車が通りかかった。

ヘッドライトが一瞬、輝良の横顔を照らす。

ドラマチックな強い光と影のコントラストに彩られると、精緻に整った顔は、いっそう麗しく見えた。……たとえ、コートの中に着ているのがアグリーセーターでも、だ。

それが。

——巨根で……なやんでる……？

やっぱり何も言えずにいると、輝良はハンドルを抱くように突っ伏し、顔を隠した。

「す、すみません、変なこと打ち明けて……！　この間、何股もかけていたって仰ってましたし、男性経験が豊富な千尋さんなら、笑い飛ばして、どうでもいいって思わせてくれる気がして……！」

おずおずと千尋を振り向いた彼の目は、暗い中でもわかるくらい、潤んでいた。

「ふ、二人きりの密室でこんなの、ただのセクハラですよね……」

「え……、……と、……」

硬直したままの千尋を見て、輝良は一瞬怯えた顔をし、へらりと笑った。

「いっ、いいんですよ、笑ってください。うん、これ……笑い話なので！　ほんと、バカみたいなコンプレックスですよね！　っていうか女性からしたら、満足な性生活すら与えてくれない男に迫られても、って感じですし……あはは……笑って、笑顔でお別れしましょう！」

彼らしくなく、へらへらと言うのを見て――本当に悩んでいるのだとわかった。

これ以上傷つくのが怖くて。

千尋にも、冷笑されやしないかと怯えている。

必死に道化を装う姿に――なんだか無性に、腹が立ってきて。

「そんなふうに、自分を笑っちゃだめです」

「え……」

輝良は口元に作り笑いを残したまま、表情を強張らせた。

あんなに家族思いで優しい人を、こんなふうに変えてしまった女性たちがいることが、にわかに信じられなかった。

きっと輝良なら、女の子を精一杯丁寧にエスコートした末のことで。

彼自身だって、ものすごく緊張していたに違いないのに。

「っていうか……おかしいですよ！　そんなことで振るなんて！　だって、赤ちゃん出てくるところなんですよ!? ち、っ、ちっ……ちんこが大きいからってなんなの!? 『赤ちゃん大きくて産むの無理! 気持ち悪い!』なんて女性います!? どんなに大きくたっていけますって!!」

自分でも何を言っているのかわからない。

輝良はもっとわからなかったのだろう。

目を潤ませたまま、ぽかんと千尋を見つめ返してくる。

でもとにかく、勇気付けたかった。

自分の傷を笑って見せるなんて悲しいことは、やめてほしい。

「少しでも良いなって思って、付き合おうって決断したのはお相手でしょ!? 対等な関係なんですよ!? 泣きごと言う前に、やれることがあると思いますし! その元カノだか、お見合い相手だか知らないですけど、人のコンプレックスに対して、失礼ですよ!!」

口にするとますます、見ず知らずの女性たちに腹が立ってくる。

好きなら、ある程度歩み寄って、努力をするべきじゃないのか。

その覚悟がないのなら、千尋のように、はじめから断るべきだ。

「きっと、受け入れてくれる女性がいます! っていうか、私だったら絶対そんなことじゃ振りません! 輝良さん、背も高いし格好いいし、お仕事だって立派だし、家族思いだし……超完璧じゃないですか! それを、身体の特徴一つで切り捨てるなんて! 運が悪かっただけですよ！」

思いが滾るまま言い終えて、肩で息をする。

でも、激励で救われるなら、こんなには思い詰めていないだろう。

妹だったらきっと、こんなときでも手助けをしようとしたはず。

一体、何をしてあげられるだろうと思ったとき。

「千尋さん……俺のこと、そんなふうに思ってくれてたんですか？」

「え……？」

「背も高いし格好いいし、仕事も立派で、家族思いで、超完璧……って」

「わっ、えっ、いやっ⁉　まあ、そりゃ……！　誰が見たって、格好いいでしょう⁉　そういう、一般論の話で……！」

「格好いい……」

「～～っ……！」

嬉しそうにはにかむ輝良を見ていられず、正面に向き直る。

頭の天辺まで、ぐんと血が上っていく感覚がある。

でも、間違ったことも、嘘も言っていない。

それに今は自分の羞恥心より、目の前に困った人がいることが問題だ。

「そっ……そうですよ、格好いいです！　欠点なんて、どこにもないですよ！　こっ……

股間が立派なのだって、結構なことじゃないですか！　堂々としてればいいんです！」

「……こんなふうに慰めてくれる女性がいるんだってわかっただけで、救われます。やっぱり……千尋さんと出会えて、よかった」

「ねえ、違います。慰めじゃないですよ。私、本気で言ってます」

「でもきっと……千尋さんも見たら、引きますよ。もうわかりきってるんです。だから子供も諦めて……。結婚をしたとしても、夜の生活は、外でもう一人、パートナーを持ってもらうくらいの方が……」

どうやら彼のコンプレックスは、相当根深いようだ。

見合いでゼロから関係を築き上げ、やっと辿り着いたベッドの上で、繰り返し繰り返し全否定されてきたのであれば、当然かもしれない。

でも、だからこそ――。

「っ……ここまで言っても信じられないんですか⁉　いいですか、もしお付き合いしていたら、私はそんなことじゃ振りません！　何なら今確認したっていいですよ⁉　絶っっ対、引いたりしないから！」

「……え……？」

暗闇の中で、微かな明かりを見出したかのように、輝良の顔に希望が灯る。

――ふう……やっと伝わったか。

と、思った矢先。

「……見て、くれるんですか……？」

「え……、……？　いや……えっ？」

――あれ……あれ？

――私今、何を…………？

――し……しっ……しまったぁ～～!?

輝良が、縋るような眼差しで見つめてくる。

『いや、やっぱり、ちょっと……』なんて言ったら、さらに深いトラウマを与えかねない。

――でもまー別に、見るくらいなら？

――輝良さん本当に良い人だし。

――あわよくば的な下心、これっぽっちも感じないし？

――輝良さんのお母さんも、私にその気がないってわかったら、すごく、悲しそうな顔してて……。

何より、こんな手助け、千尋以外の誰にできるだろう。

一瞬、

『親切中毒になっているところがあるんじゃないか？』

という父の言葉が過ったが、今こそ信条通り、妹の広い心を見習って、思いやりを発揮すべきときではないのか。

「も……もちろん！　二言はありません！　裸くらい、いくらだって見ますとも‼」

どんっと胸を叩いて見せると、輝良は救いの神を見出したかのように感涙した。

「千尋さん……格好いい……。やっぱり、好きです……」

『好きです』は困ってしまう。

けれど特大の感謝として捉えると、心がみるみるうちに喜びで満たされていく。

店をオープンしたときのように、『どう？　お姉ちゃんやったよ！』と妹の墓前に報告したくなる。

だから――まさかこのときは、ほんの数時間後に、大きく人生が変わるきっかけが訪れるなんて、思いもしなかった。


クリスマス直前の週末は、どのホテルも満室だった。

千尋はどこだって構わなかったが、輝良は、

「こんな気持ち悪いことをお願いするんですから、場所くらいちゃんとしないと……！」

と言って譲らず、連れてこられたのが――。

「はぁ〜……よくこんな最上級の部屋が空いてたなぁ〜」

ばふっ、と勢いよくベッドに仰向けに寝転んで、豪奢な天蓋から、夜景の広がる窓へと視線を移す。

やたらと明るく見えるのは、どこもかしこも、イルミネーションで彩られているからだろう。

どうやら輝良は、都心屈指のホテル、〝クリスタルメドウ〟の関係者と知り合いらしく、一時的に予約の受付を中止していた最上階のスイートルームを特別に提供してもらうことができたのだ。

空室の理由はジェットバスの故障で、修理に必要な部品が海外発注で入手難のためらしい。

ただ下半身を見るだけなのに、必死に伝手を辿ってまでこんな場所を探してくれた姿は、なんだか可愛くて、ちょっと微笑ましかった。

「……にしても、おっっっそいなぁ……もうシャワーの音も聞こえないし、いつ出てくるわけ?」

輝良は客室に入るなり、

『見ていただくのに、綺麗にしないと、申し訳ないので……!』

と、恥ずかしそうにバスルームへ逃げ込んで——かれこれ、三十分近くが経過しようとしている。

コンプレックスをさらけ出すのは辛い。

先延ばしにしたい気持ちは、とてもとてもよくわかる。

そうでなくたって、恥部を見せるのだ。

シャワーを浴びたくなるのだって理解できるし、千尋もその気遣いは大変ありがたい。

が、それにしたって遅かった。

こんなホテル二度と泊まらないだろうし……と、全てのソファーに座ってみたり、あちこちの窓からイルミネーションの輝く夜景を堪能したり、ミニバーを覗いたり、ルームサービスのメニューを眺めたり、大きなベッドでゴロゴロしてみたが、早々に飽きてしまった。

いい加減ノックしようかな、と上半身を起こし、バスルームのドアを振り向いたとき――。

「きゃあああああっ!?!?」

僅かな隙間から、片目が覗いていて飛び上がった。

もちろん、幽霊ではない。輝良だ。

一体、いつからそこに立っていたのだろう。

今にも死にそうな顔で、ドアの隙間から、じっ……と千尋を見つめてくる。

「ち……千尋さん……やっぱり、千尋さんにまで引かれたらって思うと……む、無理です……こんなこと頼むなんて、頭がおかしいですし、やっぱりやめましょう……！」

「は……はぁあ⁉　ここまで来て何言ってるんですか⁉」

「だって……シャワー浴びて、改めて自分の身体を見て、冷静になりました。どう考えたって、無理です、無理。絶対、絶対引かれます。これが俺の現実なんです」

「平気ですって！」

「平気じゃないです！　無理なんです！」

「私がどう思うかを、勝手に決めないでください！　ほら、こっちに来て‼」

「え……わ、わ……っ！　わあっ！」

千尋は立ち上がり、ドアを開け、輝良の手を引っ張った。

彼なら簡単に振りほどけそうなものだが、女性に対して腕力で抗うのは躊躇いがあったのだろう。

そのままベッドに放り投げると、輝良はどすんと仰向けに倒れ込む。

「ほら、もう観念して！　パンツを脱ぎなさい！」

「っ……で、でも……、っ……」

輝良は涙目だ。

困っている人を放っておけない千尋としては、なんとしてでも立ち直らせて、自信を付けてあげたくなってくる。

　和美のときと同じだな、と思い出す。

　レストランのトイレで洋服を交換したとき、彼女は怖じ気付いて、『やっぱりこんなこと、やめたほうが……』と言ったのだ。

　人は変化を求めていても、いざそのときが迫ると、本能的に逃げ出したくなるものらしい。

　その先に、幸せが約束されているにもかかわらず。

「でもじゃないです！　見せるのなんて一瞬ですよ！　注射を我慢するのと一緒！　数秒後には、見せてよかった〜、って思ってます！」

　さあ、脱ぎなさい！　とばかりに仁王立ちになって腰に手をあてると、輝良は「うぅっ……」と唸って、がっしりとした体格に似合わない仕草で、もじもじとバスローブの襟元を弄った。

「だって……千尋さん優しいから……内心引いたって『全然平気！』って言いますよね？」

「うっ……それは……」

　図星だ。

　というか、正確には、大きいかどうかなんてわからないのだ。

　男性器を見たのは、小学生の頃。

父か兄とお風呂に入ったときが最後で、大きさを比較する対象がない。

でも、女性の許容を超えた大きさのモノなんて、神様が設計するはずがない。

輝良に必要なのは、女性から否定されてきた以上の、肯定の言葉だ。

少し言葉に詰まっただけなのに、輝良は「やっぱり……」と嘆息した。

が、また往生際が悪く抵抗するかと思いきや。

「でも……千尋さんがそこまで覚悟を決めてくださってるなら……俺も……男です。腹を括ります。なので……こっちに来てください」

仁王立ちで見下ろされている状態では、圧を感じて緊張が増すのもわかる気がしたので、素直にベッドに座った。

輝良は正座をすると、膝の上で拳を握り、切腹前の武士の如く思い詰めた顔をする。

それから、またごにょごにょと時間稼ぎをはじめた。

「あの……シャワーを浴びてる間、本当にいろいろ、百通りくらいこの後の展開を考えたんですけど……。今まではホテルに着いて、脱いで、俺の身体を見た途端に引かれちゃったので……同じ轍を踏みたくないといいますか。せっかく今回は、悩みを打ち明けた上での、善意でのご提案ですし……」

――脱ぐだけなのに前置きが長いなぁ……。

と思ったけれど、トラウマと向き合っているのだから、と鷹揚に構える。

　年上のお姉さんらしく、同じ歩幅で寄り添わなくちゃ、と改めて自分に言い聞かせたとき。

「だから……あの、もしよければ。男性を求めている状態で、見ていただけは、しないかと……」

「……、……？　……はい？」

　輝良の喉仏が大きく上下した。

　酷く緊張しているのが伝わってくる。

　顔色も悪い。

「ほ、ほら、ものすごくお腹が空いて飢えていたら、どんなものでも美味しそうに見えるのと同じで、多少は魅力的に認識してもらえる気がするんです！　逆に、それでも引かれたら、完全に諦めもつきますし……！」

　輝良の顔を凝視した。

　日本の一等地に建つ、ラグジュアリーホテルのスイートルーム。

　その寝室の、大きなベッドの上。

　――えっと、つまり……？

　――男女の雰囲気を作ってから、自然な流れで見せたい……ってこと？

　ちょっと、いや大きく話が違うのでは――と言いかけたが、輝良の額には脂汗が滲み、ふざけたり、妙な下心から言っているようには見えない。

——いやっ……いやいやいや……！　下心がないにしたって、さすがに？　それは？

——でも、啖呵切っちゃったし!?　やっぱやーめた！　無理！　なんて手の平返し、私のポリシーに反するし!?

——いやでも、男性を求めてる状態って、つまり……つまり……。

向かい合った輝良は身を清めた後で、バスローブ姿だ。

一方千尋は、シャワーなんて浴びていない。

——まあ家を出る寸前にお風呂入ったから汚くはないけど……いや違うそうじゃなくて!?　そうじゃなくて……え……いや、何……!?

「っ……ご、ごめんなさい！　や、やっぱり無理ですよね！　この先死ぬまで童貞かもしれないし、後悔を残したくなくて、ダメ元で言ってみただけです！　お相手の状態のせいにするなんて、本当ダサいし……い、今、今脱ぎます！　ぱぱっと済ませて帰りましょう……!!」

相当な緊張とプレッシャーと、何より恐怖を抱えているのだろう。

いつになく早口で、顔面蒼白で、でも半笑いで。

こんな流れで『やっぱり問題無いですよ！』と言ったところで、彼は本当に信じるだろうか。

腰で結んだ紐を解く輝良の手は、ぶるぶると震えている。

それを見て、黙っていられるわけもなく――。

「……じ、自分にそんな、駄目出ししないでください！　わ……ッ、私だって！　覚悟を持ってここまできたんですよッ！　まっ……前に言ったように、さ、散々、男で遊んできたし！　別に、そ、そのくらい……」

――い……。

――いっ………。

――言ってしまった…………………。

が、後悔、時すでに遅し。

「っ……千尋さん……っ!!」

「ひんっ!?」

瞳を潤ませ、感極まった様子で、ひしっと抱き締められた。

衣服越しなのに、逞しく力強い肉体を感じる。

逃げようと思えば逃げられたし、『何調子に乗って抱きついてんの!?』と手を叩き落とすことだってできた。

なのに何もしなかったのは、今にも泣きそうなくらい必死で、指先は震えたままで、太い両腕は、その逞しさに見合わないおずおずとした、子供みたいな様子だったのが、あまりに切実だったからだ。

「ありがとうございます……ありがとうございます……っ！　女性の準備が整っていたら、まだ可能性があったんじゃないかって思いが、ずっと捨てきれなくて……！　これで心残りが消えて、踏ん切りがつきます……！」

「っ……」

うるうると感謝の瞳で見つめられて、奇天烈《きてれつ》な状況にもかかわらず、じん、と胸が熱くなった。

これでコンプレックスを克服したら、彼の一生がガラッと変わる可能性があるのだ。ひいては、今日出会った母親や、妹たちの人生まで。

「俺、全く経験がなくて、下手だと思います。でも、全力で頑張りますので……！　不快だったら、すぐに言ってください。というか、教えてください。何でもするので……！」

「へ……、……」

今更『いや、私も実は初めてで……』なんて言える状況ではない。

とはいえ、気持ちいいかどうかなんて、完全に主観なのだから、経験値は関係ないはずだ。

「っ……も……も、っ……」

「……？　も？」

「もちろんですとも!! じゃっ……じゃあその前に、私もシャワー浴びてきますね!!」

千尋は輝良の反応を見ずに、バタバタッとバスルームに駆け込み――。

――うわーーーーッ! 私のアホーーッッ!!

――いい歳して、何知ったかぶりしてんの!?!?

――いやでも、これは親切なわけで、誰かが傷つく嘘じゃないし……!?

――もうどうにでもなれ……!!

何度も『んお～～～!』と叫びたくなりながら、玉の肌が傷つくくらいの勢いでがしがしと身体を洗った。

無心を心がけて部屋に戻ったのに、先ほどとは一転して、室内はムードたっぷりに薄暗くなっていて、心臓が四散しそうになる。

空調を調節していたらしい輝良が、千尋を振り向いた。

「あ……お帰りなさい。暗いの、大丈夫ですか? 好きでもない男の顔見ながら、って、気分が乗らないかなと思って、ちょっと落としてみたんですけど……」

「おっ……お気遣い、ありがとう、ございます」

いかにもな雰囲気で恥ずかしすぎたけれど、ここまできて、あれこれと細かいことを気にしても仕方ない。

「空調も大丈夫そうですか? 寒かったりとか……」

輝良もそわそわして、明らかに緊張している様子だ。

なのに懸命に気遣ってくれていることが伝わってきて、擽ったくなってしまう。

——初めてで、余裕なんてないはずなのに……。

——この、ものすごく素直なところには、どうやっても敵わないな。

——とはいえ、年上だし、今不安なのは輝良さんの方なんだから、どーんと構えてないと……!

「大丈夫です。寒くなったら、ちゃんと伝えますから」

動悸を隠しつつ、落ち着いた所作を心がけてベッドに座ると、輝良が隣にやってきた。

さっきよりもずっと、距離が近い。

「あの。千尋さんのことは……好きですけど。これは、そういうのとは別だって、ちゃんとわかってますから。無理にどうこうなんて、絶対にしません。嫌だったら、すぐに……言ってくださいね」

「も、もちろんです」

彼は、ぎこちなく微笑んだ。

目的は彼の身体の大きさを確認することだから、間接照明がついているのは当然だ。

でも間近で見つめ合うとお互いの顔がはっきりと見えて、緊張してしまった。

「では、……、……よ、よろしく、お願いします」

そう言って、輝良は——隣あっている千尋の手を、優しく握った。

おずおずとしたその仕草は、あんまりにも健気で、切なくなってしまう。

彼は一つ深呼吸をすると、身体を捻り、ゆっくりと唇を近付けてきて——ええい、ままよ！　と目を閉じる。

下唇のあたりに吐息が触れて、震えそうになる瞼にぐっと力を入れる。

——大丈夫、大丈夫。

——妹のことで恋愛なんてする気になれなかっただけで……別にキスなんて、大事に取ってきたわけじゃないしね？

——年下のハイスペックイケメンとファーストキスなんて、結構良いんじゃない？

なんて強がってみた——が。

いつまでも、何も触れない。

彼の気配まで遠退いた気がして、ちらっ……と片目を開けると、輝良は思い詰めた顔で、じっと千尋の唇を見つめていた。

「やっぱり、唇へのキスは……やめておいた方が、いいですよね」

「え……？」

「キスって……ちょっと、特別というか。千尋さん、遊び人だって言ってましたけど……女性にとっては、大事なものなのかなって」

「べ、別にそんなこと、気にしなくても……」

もちろん輝良は、『そうですか、じゃあ遠慮なく』なんて言う人ではなかった。むしろ申し訳なさそうに、

「ごめんなさい。雰囲気のないこと言って。俺の提案を受け入れてくれた千尋さんを信じて、少し……黙ります」

「そんな、謝ること、は……ん、っ……！」

輝良は耳元へ唇を寄せ、少しずつ首筋へと滑らせてきた。

「っ……、ぁ……」

薄い皮膚に軽く歯を立てて囓られて、その間にも、両手が腰に触れ、滑り落ちて、脇腹を撫でてくる。

「ン、っ……」

触れられた場所から妙な感覚が広がって、唇を噛んだ。

違和感や嫌悪感がないのは、今日知った家族想いな彼が伝わってくる、優しい触り方だったからだ。

「っあ……、っ……ふ、……」

控えめなリップ音と、掠めるような刺激。

その触れ方から彼の特別な好意まで染みこんでくる気がして、ひたすら体温が上がって

いく。

――こんな特殊な状況を受け入れられたのも……輝良さんの人柄、なのかも……。

もし過去の見合い相手のように傲慢なところがあったら、助けたいとは思わなかっただろう。

いくら親切を心がけているとはいえ、こんな危ない状況、普段の千尋なら、絶対に足を踏み入れていない。

実際、今日彼の家を訪ねるまでは、さっさと済ませて帰ろう、としか思っていなかった。

――この触り方みたいに、とっても優しい人だから……今までの女性は、何を言っても平気な人だって、思ったのかな。

――じゃなきゃ、そんな酷いこと、なかなか言えない気がするし……。

――優しいせいで軽んじられてきたんだとしたら、酷すぎる……。

彼を知るほど、何かしてあげたい思いが湧き上がって、それとともに、不思議と身体まで敏感になった。

「千尋さん……？　緊張しないで……今だけは、何も考えないでください……」

背中を撫でながら耳元で囁かれると、なんとか受け流していた〝知らない感覚〟が、ぞくぞくっと尾骨から駆け上がってきて、身体が震えてしまう。

「千尋さん……綺麗です、とっても……」

「つな……そんな、……」

「思ったこと、言ったらいけないですか。雰囲気を作るためでも……ダメ？」

また耳元に息を吹きかけながら、胸の膨らみに手が伸びてきた。

五指が、丸みを下から掬って撫で上げてくる。

タオル地のバスローブとブラジャー越しに何度も何度も摩擦されると、自然と胸の先に血が集まって、硬く凝ってしまう。

「っ……！」

――や……やだ……何これ……。

――なんで、撫でられた、だけで……。

「……、千尋さん。これ……」

輝良が熱っぽい吐息交じりに呟いて、乳首の変化を教えるように、指先でかりかりと引っ掻いてきた。

「あ、ぁんっ……!?　あ……だめ……っ……」

「……やっぱり。どんどん、硬くなってる」

「っ、なんで、そこ……ばっかり……っ……だめ、ですって……っ」

バスローブと下着が刺激を阻んでいるはずなのに、何度も何度も強く扱かれると、芯まで響いて息が乱れる。

何でも言ってほしい、と言ったのは輝良だ。

だから押し返せば、すぐに止めてくれると思ったのに。

「すごい、気持ち良さそう……。今の『ダメ』って……本気じゃないやつ、ですよね？　涙目で、震えてて、可愛い……」

「あっ、ぁあぁ……!?」

輝良の指は止まらないどころか、片腕で背中を引き寄せ、ますます素早く乳首を引っ掻いて追い詰めてくる。

痛いほど張り詰めて、なのに頭の中はぽーっと痺れて、たまらない愉悦が込み上げて、倒れそうになって輝良の身体にしがみ付いた。

「すぐに感じてくれて、嬉しいです。本当に……遊び慣れてるんですね。もっと良くしてあげますから。ほら……こっちに来てください」

「きゃっ……!?　あ……!?」

輝良は、千尋の身体をひょいと抱き寄せると、後ろ向きに膝の上に座らせた。

それからバスローブの紐を解いてはだけさせ、流れるようにブラジャーを外して、肩紐も肩から落とされる。

「わ、っ……えっ……えっ……!?」

胸が露わになったことへの羞恥心とともに、困惑と動揺に襲われた。

――未経験で、こんなあっという間に、女性用の下着を脱がせられるものなの!?

――も、もしかして輝良さん……な、慣れてる?

――でもなんで……。

「照れないで。今俺、目を閉じてます」

「えっ……」

肩口を振り向くと、本当に輝良を目を閉じていた。

でも見えていないなら尚更、こんなに器用に外せるわけがない。

「千尋さんの大事な身体は……見ないです。あくまでこれは……俺のために、頑張ってもらってるだけだから」

「い、いやあの、っ……あ……!」

背後から伸びてきた輝良の手が、背後から脇腹を、臍の下を撫でて、それから手探りで胸の方へと移動し、あっけなく凝った乳首に辿り着かれてしまった。

「んぁ、あ!　あぅうっ……!」

きゅうっと摘まれて、指の腹で解されて、布地越しのもどかしい刺激で期待を高められていたそこに、びりびりと痺れが走る。

「可愛い声……。千尋さんは、好きな人でも想像していてください。その方が……たくさん、感じてもらえると思うから」

「っそんな、人……いな、い、っ……」

輝良は、器用だった。

千尋の反応を拾いながら愛撫に強弱をつけてきて、息が上がって、答えることすらままならない。

「じゃあ、好きな芸能人とか」

「だから、そん、っ……んぁ、あ……！　ふぁ……」

輝良がそんなことを言うのは変だと思う。

父に連れられて著名人のパーティーに参加し、芸能人を間近に見たこともあるが、彼ら彼女らより、輝良の方がよほど顔立ちも体格も良く魅力的だ。

俯くと、輝良の太い指が、真っ赤に染まった乳首を弄んでいるのが目に入って、耐えきれず目を閉じる。

「っふ……ぅ、っ……ぅう……！」

──なんで……輝良さんの指、すごい……きもちい……。

──まさか、おっきくて悩んでるのは全部嘘で、騙されてる？

──どさくさに紛れて、エッチしたかっただけ？

──でも、嘘をつくような人じゃ……。

そんな僅かな警戒すら、輝良は読み取ったらしい。

「千尋さん？　集中して？　ちゃんと、発情してもらわないと……。そうしたら、恥ずかしいの、すぐ終わりますから」

「んぁあっ……！」

きゅうっと乳首を抓られると、ベッドの下で爪先がびくついて、スリッパが床に落ちる。かりかりと胸の先を引っ掻かれて、臀部にめり込んでくる、輝良の身体の一部に気付く余裕はなかった。

「っ……ふぁ、ぁ、っ……ぁー……輝良、さ……な、なんで、こんな、っ……慣れて、っえ……」

ぴたり、と輝良の指が止まる。

すでに下腹部まで疼いて全身が脱力し、背後から輝良に支えられていなければ、倒れそうな状態だ。

「何言ってるんですか。慣れてなんてないですよ」

再び輝良の指が動いて、どこか怒ったように、指の先で繰り返し弾いてくる。

「あ、あッ……！　でも……、っ、下着、あん、っ……あんなすぐ……」

「ああ、それは……妹たちに口うるさく言われてきたせいです。洗濯すると形が崩れるから、ホックを留めてから専用のネットに入れるとか、乾燥機はダメだとか、散々仕込まれて」

「あ……っ……」

輝良は淡々と喋りながらも、決して指を動かすのを止めてくれない。

確かに彼女たちなら言いそうだ。簡単に想像できる。

――私……どうして、ほっとしてるんだろ？

――いや、善意を利用して、遊ばれるなんて、ごめんだし……？

――でも、それだけじゃなくて……。

「千尋さんにご迷惑をおかけしている分も、速やかに終わらせようと思って……精一杯、頑張ってるので。下心だと思われるのは、心外です」

「っ……ごめん、なさい。でもこんなに……胸で、感じちゃうの、変、で……」

「あんなに『男と遊びまくってる』って言ってたのに、そんな可愛いこと言って……童貞を、煽らないでください。千尋さんが男慣れしてるから、感じやすいだけでしょう？」

「っ……」

顔が見えないから定かではないけれど、嫉妬の気配が滲んでいるのは、気のせいだろうか。

「それに、千尋さんに気持ち良くなってほしいと思いながら触ってますし。反応が素直でわかりやすいから。ほら……」

「え……ぁあぁっ!?　ひんっ……！」

胸の先を膨らみに押し込まれ、捏ねられて、びくびくと全身が跳ねた。

「これ、好きですか？　すっごく硬くなっちゃってます」

「っあ……！　ぁ、あ……っ……！　あー……！」

輝良の言う通り、息が引き攣って、込み上げる感覚が涙になって滲み出る。

——なんで、気付かれちゃうの？

——私が警戒したのも……戸惑ってるのも、感じてるのも、心を読み取ってるみたいに、全部……。

「っ……、ぁ、それ、っ……それ……きもち、よすぎる、からぁ、っ……」

腰がかくんと浮き上がると、背後で輝良が、ごくりと喉を鳴らした。

そのまま続けてくれるかと思いきや手が止まって、下着の中で滴る気配に気付く。

「っ……ぁ……、輝良、さん……？」

振り向こうとしたけれど、輝良は腰元に落ちていた千尋のバスローブを肩にかけ直すと、ぎゅうっと後ろから抱き締めてきた。

「……ごめんなさい。ちょっと、可愛すぎて……あまり時間をかけたら、下心が……抑えきれなくなりそう、なので……」

「あ……わっ……!?」

横抱きに持ち上げられて、ベッドに仰向けに寝かされる。

慌てて胸元のバスローブを押さえて起き上がろうとしたが、すぐに覆い被さられて動けなくなってしまった。

「自分はまだ見せてないのに、先に千尋さんを……なんて、酷いですけど。許してください」

「な、何が……あ、やっ……!?」

バスローブの裾から、太腿の間に手が滑り込んでくる。

思わず膝を立ててぎゅっと合わせると、むしろ輝良の手を太腿で押さえつけて、引き込む形になってしまった。

「……下着は、見えてないですよ」

「み、みっ、見てなければいいというものじゃなくて、ですねっ……!?」

「ちゃんと……優しくします。準備を整えるだけですから」

——整えるんじゃなくて、乱そうとしてますよね!?

なんて突っ込みたくなったが、彼の股間が視界に入って——二度見した。

バスローブが、膨らんで、突っ張っている。

まあそれは、わかる。

一応、女として恥ずかしい姿を晒しているわけで、それに対して、四歳も年下のイケメンが興奮を覚えてくれているのだとしたら、ありがたいことだ。

でも。

股間に、ぬいぐるみでも隠してるのかな？　と思った。

だって、そのくらい――。

「え……、……、……え？　ひゃあっ!?」

不意を突かれて、また別の驚きに見舞われる。

脚の間に入り込んだ輝良の指先が、手探りで、下着の上から陰部を撫でてきたのだ。

「……千尋さん……下着まで、濡れてる……」

「え……えっ……、ぁあ、あ……ッ!?」

下着の横から滑り込んできた指は、緊張で少し震えていた。

陰唇の間の浅い場所を辿り、くるりと膣口を撫でた後、襞や後ろの孔や、さらには感度の上がりはじめている陰核までを、いたずらに弾かれる。

「あっ……！　んんっ……」

「っ……、すみません。はじめてで……み、見えないから……。でも、ここ、ですか？　気持ちいいところ……」

「ぁあぁあっ……！」

加減を知らない太い指が、愛液をまとって、ぬるぬると包皮ごと陰核を扱いてきた。

全身に痺れるような快感が走って、一瞬にして頭の中まで蕩ける。

何もかも失ってしまいそうで、ぎゅうっと目を閉じて、なんとか自分にしがみ付く。

「あ……あ……っ！　や……そこ、っ……あっ！」

「すごく、硬くなってる……触り方、強すぎます？　それとも、もっと？」

「んぁ、っ、わか……んな、っ……」

「ふふ、じゃあ『もっと』ですね」

まだ胸を触られただけなのに、輝良はもう千尋の身体や反応を理解したようにくすりと笑って、指の動きを速めてきた。

「あっ！　あ！　あー……！」

バスローブの中でもぞもぞと手が動いて、時折、くちゅ、くち、と淫靡な水音がする。

腰が浮いて、両脚が引き攣って悶えているのに、輝良の指は決して千尋の大事な場所から離れてくれない。

「千尋さん、気持ち良さそう……本当に、エッチ、大好きなんですね」

「っ、ちが、っぁあ、っ……ちがう、っ……」

どうしてだろう。

ぎゅっと目を閉じると、瞼の裏に、見たばかりの光景が――輝良の股間でバスローブが押し上がった形が蘇った。

思い出すほど胸が甘く疼いて、とろとろと蜜が溢れて、臀部の方へ伝っていく。

「本当は、舐めてあげたいんですけど……恥ずかしい場所、見られるの、嫌ですよね。だから……指で、我慢してください」

「ひぁ、あ……！」

快感にびくびくとのたうちつつ見上げると、額に汗を滲ませる輝良と目があって、さらに身体が熱くなる。

自分の反応がわからなくて、輝良に伝わってしまうのが怖くて両手で顔を隠した。

「顔も……見られるの、嫌ですか？」

「っん……っ……、んんっ……」

ふっと微笑む気配がある。

何度も頭を縦に振ると、全く輝良らしくない、呆れたような溜め息が聞こえてきた。

「嘘ばっかり……ほら、ちゃんとエッチな顔、見せてください」

「っ……なんで、……あっ……！」

片手で難なく両手を引き剝がされて、必死に顔を背けたけれど、上から覗き込まれては何の抵抗にもならない。

「だって……見られて、感じてますよね？　どんどん濡れてきて、俺の手……ぐちょぐちょですよ。感じてる可愛いところ、ずっと見ててあげます」

「っ……、そんな……あ、っ……！　ぁあぁ……！」

指の動きがさらに速くなって、くちゅくちゅと派手な水音が響く。

——どうしよう、っ……恥ずかしいのに、もっと、してほしい、なんて……。

——それに……。

——こんなに一方的に、尽くされると……どうすればいいのか、わからない……。

千尋はいつも、誰よりも先に、助けが必要な誰かのサインに気付いて、尽くす側だった。

妹がいつか誰かに優しくしていたように振る舞うことが生き甲斐で、与えられるのは、落ち着かなかった。

なのに輝良に触られると幸せで、頭がふわふわして、お花畑みたいになっていく。

今まで、誰かに甘えたり、頼りたいと思うことなんてなかったのに、彼の前でだけは〝いつもの自分〟も、大事な店のことも忘れて、我儘になっていいんだ、という気すらしてしまう。

だって、神崎輝良という人は、一途で、健気で。

きっとこの後千尋が『これきりですよ!』と言っても、『でも俺はまた会いたいです』なんて、素直に気持ちを伝えてくれる気がしてしまうから。

——だから……?

——今まで、お見合いした人とは、全然違うからって、なんなの……?

たった二度会っただけの男性に惹かれるなんて、ありえない。

女としての幸せより、仕事が、店が大事だった——はずだ。

「千尋さん……気持ち良くなってくれて、嬉しいですけど……あんまり悶えると、み、見えちゃいます」

「あ……っ……」

そうっと、胸元のはだけたバスローブを戻してくれた。

ベッドの外へ視線を逸らしている輝良の顔は、真っ赤だ。

また一つ彼の優しさを知って、胸がぎゅっと切なくなる。

自分の感情に戸惑っていると、突起にまとわりついて離れなかった指が、偶然包皮を捲って——花芯に、直接触れた。

「っあ！　ああ……!?　ぁあっ……！」

腰が仰け反り、同時に膣が痙攣して、どっと蜜が溢れた。

「ああ……これ……こうするのが、好きですか？」

輝良は手探りながらも、敏感な場所に気付いたらしい。

無邪気に皮を捲り、剝き出しになった芯を、あらゆる擦り方で責め立ててきた。

「あ、あ！　ぁあぁ……!?」

「可愛い……」

もう顔を隠そうとしていたことすら忘れて、近くの枕を握り締め、快感に耐えるだけになっていた。

振り払うように頭を横に振っているのに、輝良の指は動きを止めてくれない。

「ここ……ずっと擦ったら、イけるのかな」

「あっ、あ……っ!? まって、っ……輝良さ……まっ……だめ、だめ、っ……あー……!」

根元から扱かれて、がくがくと腰が前後し浮き上がる。

膣がひくついて止まらない。

汗と愛液でまとわりついている下着が鬱陶しい。

いつからか、中が痒くて、内側を擦ってほしくてたまらなくなっている。

「あ、っ……あっ……ぁ……！」

絶頂の予感に震えた身体が、ぎゅうっと丸まった。

一際大きな痙攣が走って、息が止まった瞬間。

輝良の手が、下着の中から、ぱっと離れていった。

「あ……、ぇあ……？ え……？」

その先の何かを得られると確信していた腰が、かく、かくっと震え続けている。

頭の中は欲望で支配されて、膣は奥へ奥へと飲み込むようにひくつき、愛液を垂れ流して、痛いほど疼いていた。

「っ……なん、で……なん、っ……ぇ……っ、輝良、さ……なん、っ……ひどい、っ……」

自分のものだとは認めたくないくらい、情けない声だった。

熱い吐息が止まらない。

あと少し、ほんの少し、擦ってほしい。

そんな淫らなことを口にしそうになって——輝良が自分の腰元に手をやったのを見て、
本来の目的を思い出した。

「辛いですよね。ごめんなさい。でもこれで……準備、できたので……」

「あ……」

——そうだ……これは、愛されてるんじゃ、なくて……。

——輝良さんの悩みを、解消するため、で……。

震える身体を起こそうとしたけれど、脚が甘く痺れていて、上手くいかない。

……じゃあ……これで、悩みが解決したら？

——輝良さん……別の人と、お見合いをするの？

——本当にお付き合いした女性には、今以上に、優しくするの……？

胸がもやもやするのは、どうしてだろう。

悩みが解決しなければ、また私を頼ってくれるのかな——なんて酷いことを思いながら、
ぼんやりと、バスローブの紐を解く輝良の手元に視線を移す。

——……あ……うそ……すごい……。

こく、と自分の喉が鳴った音が、確かに聞こえた。

輝良のバスローブは、さっき見たときよりもずっと膨らんで、突き出している。

でも信じられなかったのは、それを目にした途端、さらに膣が切なく疼いたことだ。

「千尋さんが、可愛すぎて……。いつもより、すごく、大きくなっちゃってるんですけど……正直に、言ってください。気遣いは一切、不要なので」

震える声とともに、はらりと紐が解ける。

彼は素肌にバスローブを羽織っていたらしい。

ゆっくりと、前が開かれると——。

「あ……」

想像を上回る光景に、また喉がこくっと鳴った。

そこが膨らんでいるのはさっきから見えていたし、大きいことだって、充分承知していたつもりなのだけれど。

真っ赤に膨れ上がり、先走りでてらてらと光る亀頭。

それが庇のように迫り出して、雁首のあたりで大きな段差を作っている。

反り返った太い幹には血管が浮かび上がり、その下では、これまた立派としか言いようのない睾丸が、きゅっと引き締まっていた。

開いたバスローブの内側と亀頭の間では、透明な体液が糸を引いている。

——両手を使っても……包み込みきれない、かも……。

「ち……千尋、さん……？」

輝良の不安と連動しているのか、幹が根元から重たく揺れて、鈴口がひくつき、つうっ……と先走りがシーツの方へ流れ落ちる。

「な……、な……、っ……何か、言って、ください…………なんでも、いいので……」

輝良は顔を横に逸らしている。

目元が真っ赤に染まって、今にも泣きそうだ。

年下で、一生懸命で、可愛いと思っていたのに。

下半身は可愛くも微笑ましくも、初心そうでも、優しそうでもない。

なのに——これが男女が惹かれ合う理由で、本能というものなのか。

はたまた、輝良から愛撫をたくさん受けて、子作りをするための準備ができあがっているせいなのか。

さっきからずっと愛液が溢れて、膣が大きくひくついて止まらない。

でも、心に湧き出てくるのは〝ヤりたい〟なんて、動物みたいな欲望ではなくて。

「格好いい、です……素敵です」

「……え……？」

輝良が、目を丸くして振り向く。

でもそれ以上にしっくりくる表現はなかった。

局部だけではない。

鍛え上げた腹直筋や腹斜筋に、大胸筋。

芸術への造詣はないけれど、男性の裸体を絵画や彫刻に写し取った芸術家の気持ちが、ほんの少しだけ、わかる気がする。

逞しい肉体美は、どう頑張っても女には得られないもので、尊さすら感じてしまう。

だからわからないのはやっぱり、彼の身体を忌避した女性の気持ちの方だ。

自分の身体にこれを……と考えると、確かに一筋縄ではいかなそうなのは明らかだけれど。

千尋は、ますます熱くなった身体を、なんとか起こした。

「輝良さん……そんなに、怖がらないでください。すごく……愛しいって、感じます。身体が……こんなに、興奮してなくたって……」

「っ……」

はち切れんばかりに勃起していたそこが、むくむく、とさらに力強く反り返って、また新たに蜜が溢れ出す。

「っあ……わ、わっ……、ご、ごめんなさいっ、こ、っ、これは、そのっ……すみません、見苦しいものを、っ……！」

慌ててバスローブで隠そうとする輝良の手を、そっと止めた。

「恥ずかしがることじゃ、ないです。輝良さんの身体、本当に格好いいです、綺麗です」

「そ……そんな、大袈裟な、」

「大袈裟じゃないです。本当に思ったこと、言ってます。それに……」

ずっと、誰かを助けることが強さや優しさだと思っていた。

けれど、素直に弱みをさらけ出すことも、その一つなのかもしれない。

だって千尋は、困っている人がいたから、人助けという喜びを得ることができた。

困っている人がいることで、千尋もまた救われてきたのだ。

「こんなふうに、自分の弱みをさらけ出せる、素直なところ。すごいなって思います。私はとても……真似できない……」

――輝良さんが、気持ち良くしてくれたように。

――私も……触って、お返ししてあげたい……。

千尋は惹かれるがまま、輝良の腰に手を伸ばした。

「っ……!?　ち、千尋さんっ!?　あっ……！」

「……すごい……かたい……」

手で感じる重みと存在感に、思わず呟く。

そうっと撫でてみると、輝良がびくっと腰を引いた。

すかさず追いかけて軽く握って、指で先端から根元まで辿ってみる。

「ち、ちっ、ちひろさん、まっ……待って、っ……！　千尋さんっ……！」

輝良の股間が、千尋の手をはじき返すほど反り返る。

ぷっくりと膨らんだ血管や、雁首の段差と括れや、体液の滲み出る鈴口を指先で辿るだけで、優しい気持ちが溢れてくる。

なのに輝良はまた腰を引き、彼らしくない、少し強引な力で、千尋の手を引き剝がした。

「なんで……気持ち良く、なかった、ですか？」

「っ、そうじゃなくて……！」

性器はまだ切なげにビクビクと脈打っているのに、輝良はバスローブの前をかき合わせ、下半身を隠した。

もしかして、本心からだと信じてもらえなかったのだろうか。

そう不安に思ったけれど、なぜかまたもや押し倒されて、上に覆い被さられた。

「あ、っ……？」

「千尋さん……ありがとうございます」

顔が近付いてきて、キスを予感してしまうのは——きっと、本能のせいだ。

だって、絶頂寸前まで高められたままの身体の火照りは、そう簡単には引かない。

「振られちゃいましたけど……千尋さんはやっぱり、運命の人です」

「ま、またそんな、く、口説かれても、私は……」

「わかってます。男って、バカですよね。ここまでしてくれるなら、まだチャンスがあるのかも、なんて……。でも千尋さんのおかげで……またお見合い、頑張れそうです」

「……、お見合い……？　また……？」

それで、素敵な女性と出会えたら。

彼はその女性を、心から愛するのだろうか。

──そんな……。

──そんなのって……。

再び胸がぎゅっと痛んで、泣きたくなってくる。

でも恋愛に無関心だった千尋は、それがいわゆる独占欲というものだと、すぐには気付けなかった。

「苦しいまま、止めちゃってすみません。お礼に、たくさん奉仕させてください。頑張って……いっぱいいっぱいい、気持ち良くしてあげますね」

「え……えっ？　あ……っ!?」

動揺している間にも、隣に横たわってきた輝良に抱き寄せられる。

向かい合う形でバスローブの裾に手が滑り込んできて、焦らす素振りもなく、さっきの愛撫でズレていた下着の中を探られた。

「ひぁ、あ……っ！」

「これ……さっきより、濡れてます？　俺を振っておきながら、こんなに反応するなんて……」

「っや……や、っ、ちが……ぁあぁ……！」

声音に非難が交じっているのは、気のせいではないかもしれない。

輝良は指先で愛液を掬うと、絶頂直前で放置されていた肉刺を容赦なく扱いてきた。

あまりの性急さに驚いたのに、身体はすぐに喜んで、輝良の胸を押し返そうとした指先が、くにゃりと脱力してしまう。

「安心してください。もう焦らさないですから」

「あ、あ……ッ！　あー……！」

覚えが早いのか、輝良の指は巧みだった。

指の腹で、ひたすら同じ速度で摩擦をしてくる。

でもこれでは、欲望の処理と変わらない。

——私……気持ちいいのが、幸せだったんじゃない……。

——輝良さんの触り方が……優しかったから。

——さっきはこんな淡々としたやり方じゃなくて。思いやりが、たくさん伝わってくる、愛撫だったから……。

「あ……あぁあぁ……！　いや……いや、ぁっ……あー……！」

「イくところ、ちゃんと見ててあげますね」

「っ……やぁ、ぁ……っ……あ……！」

顔を隠すように肩を丸め、シーツに片頬を擦り付けた。

——こんな、ただ気持ちいいだけなのは、嫌。

——もっと、さっきみたいに……優しく、してほしいのに……。

心がついてこないのに、身体はぐんぐん高まっていく。

シーツの上で腰がずりずりと前後し、ぴん、と爪先が引き攣って——でも、渇望していた絶頂は、酷く虚しく、あっけないものだった。

「あっ……ひっ……、あっ……っ……」

大きな痙攣とともに、涙が溢れる。

息が切れて苦しいのに、もう輝良は甘い慰めを囁くこともなかった。

それどころか、千尋の余韻が過ぎ去るのも待たず、作業のように淡々と、小陰唇の間に、ぬぷぬぷと指を潜り込ませてきて。

「あっ……!?　あ……!?　あぁ……！　っなん、っな……」

童貞なら、初めて触れるはずではないのか。

そんな疑問すら見抜かれて、輝良がふふっと笑う。

「ずっとひくついて、愛液が出てきたから……手探りでも、わかります。ちゃんと、ナカでもたくさん、満足しましょうか」

「っそん、っ……んぁ、ぁあ、あー……！」

溢れるほど潤って、刺激を切望していたそこに、痛みはなかった。

達したばかりで蠕動を繰り返しているというのに、中をあちこち探られて、やっぱりそのやり方は、どこか事務的で。

「ぁんっ、ぁ、あっ……！」

輝良は何も言わなかった。

そして彼は器用で、察しが良すぎた。

すぐに一番気持ちいい場所を探り当てられて、そこばかり繰り返し圧迫される。

処理されているようで虚しいのに、快感に搦め捕られた身体は痙攣するばかりで、抵抗すらままならない。

指を奥まで差し込まれると、指の付け根で陰核まで擦れて、また軽く達してしまった。

「あ！　あ！　っぁー……！　あぅ、ぁあ、んぁ……！」

きゅうっと締め付けた膣の動きで、達したと伝わっているはずだ。

なのに、輝良は愛撫を緩めてくれない。

「っや……あー……あー……！」

「すごく狭い……。指すら動かすの、大変なのに……これじゃあ女の子は、怖がって当然ですよね。俺だって、こんなところ、入る気がしない……」

千尋は涙を、唾液を流しながら、長く続く絶頂に耐え、腰をがくがくと震わせた。

気持ち良くて、でも息が止まるほど苦しくて、もう一度輝良を押し返そうとしたけれど、もう一方の手で握り込まれてしまう。

「ダメですよ。千尋さんとは、今日が最後ですから……もっと乱れてる可愛いところ、目に焼き付けておきたいです。また傷ついても、今晩のことを思い出して、頑張れるように」

「っあ……」

二度と会うことはないと思うと、胸の痛みは、もはや耐え難いほどになった。

膣の中からお腹をぐりぐりと擦られ、まともな思考まで奪われると、残るのは全く自分らしからぬ感情だけで。

「やっ……いや、っ……ぁ……！」

「嫌？　どこがですか？　そうやって可愛いこと言って……いろんな男を、煽ってきたんですね？」

「あ……、あ……！　ぁあぁ……！　っちが、っ……ちがう、ぅ、っ……」

「違うって……何股もかけてヤりまくったって言ってたじゃないですか。ここでいっぱい、受け止めてきたんですよね？」

「ひぁ、あ！」

奥を探る動きで陰核をすり潰されて、頭の中にちかちかと星が飛ぶ。

容赦なくお腹の中を圧迫されると、快感と共に尿意に似た感覚にまで襲われて、たまらず叫んだ。

「そうじゃ、なくて……さいご、なんて、っ……いや、で、っ……！」

「……え？」

愛撫が止まった。

にもかかわらず、膣も腰もまだ痙攣し、お腹の中の指をもぐもぐと貪り続けている。

緩やかな絶頂が続いていて、頭がぼんやりとして、息が苦しくて。何より、ずっと胸の痛みが治まらない。

「っあ……輝良さんが、またお見合いして……他の、ひとと……こうやって……って想像すると……すごく、もやもや、して……」

目は潤み、舌足らずで、散々喘いだ後で声が掠れていて。

その上、まだ恋愛を知らない子供のような拙い説明だ。

──だって……違う……輝良さんを、好きになったわけじゃない……。

──恋愛も、結婚も……本気で考えたことなんて、ない。

——未来の女性に、嫉妬なんてするわけない……。

——ただ、輝良さんが優しい人だから……ちょっとした気の迷い、で……。

初めての性行為だから、つい快感に流されただけだ。

ホテルを出て日常を取り戻したら、今までの自分に戻るに違いない。

なのに——。

「それ。お付き合いをしてくださる、ってことですか?」

「……、……? え……?」

視界を滲ませている涙を払うように、ぱちぱち、と瞬く。

若く生気の溢れる眼差しに閉じ込められて、輝良の指を咥えた腹部が、また疼いた。

「ち、ちがう……そうは言ってないです、だって私、子供なんて——ひぁ、あっ……!

あああっ……!」

輝良の指が再び動いた。

お腹側を指の腹で小刻みに擦られて、辛うじて残っていた理性がぐずぐずに消失していく。

「それは覚えてます。でも俺……そんなことを気にしてアプローチしているように見えましたか?」

「あ、っ……! あっ……らめ、っ、また、いっ……ぅう、ぅ……っ」

耳元に囁かれるとさらに追い詰められて、びりびりびりっと全身に痺れが伝播し、再びかくかくとぎこちなく腰が揺れはじめた。

身体だけでなく思考まで乗っ取られて、気持ちいい、しか考えられなくなっていく。

「適当な気持ちでこんな情けない悩みを打ち明けて、恥ずかしい姿を晒したと思ってます？」

「っ……ちが、そんな、あ、あっ！　いってる、の、イっ……ぁあぁぁっ……！」

輝良は、ふっと微笑んだ。

愛液を掻き出すように容赦なくちゅこちゅこと出入りさせて、指先一本で、千尋の全てを支配してくる。

「じゃあ問題はないですよね？　だって俺も言いましたよ。内心、子供はもう諦めてた、って」

「あっ、あっ……あーっ……！」

はだけたバスローブの上から乳首まで摘まれて、また絶頂に襲われて、千尋は必死に首を横に振る。

「で、っ……でも、っ……さいしょ、から……けっこん、考えられる、女の人、が……っ、あ、あー……！」

「目の前に運命を感じた女性がいるのに？　俺のためにこんなに尽くして、将来のことまで気遣ってくれて……ますます、大好きになってるのに？」

呆れ交じりの溜め息を吐かれると、自分が聞き分けの悪い子供になった気がした。

「いいですよ。そんなに俺の事情を気にするなら、それも千尋さんの素敵なところですし……お試し交際にしましょうか」

「……？　え……？　あんっ……!?」

指がずるりと引き抜かれて、輝良を見上げる。

「〝仮交際の間は、お互いいつでも他の人に乗り換えていい〟って条件なら、千尋さんも思い悩まずに済むでしょう？　他の男とヤりたくなったら……我慢する必要もないですし。まあ俺は千尋さん一筋ですけど」

千尋は、輝良の素直さを甘く見ていた。

彼は千尋以上に奉仕精神のある男で、一度目標を定めたら猪突猛進に努力する男だと──まだこのときは、理解していなかった。

乱れた髪を何度も撫でつけられ、また仰向きに寝かされて──バスローブを脱がされる。

「あっ、あっ!?　やっ……やだっ……やぁっ」

今まで散々気遣ってくれていたのに、輝良は完全に千尋を無視した。

千尋のふにゃふにゃな抵抗などものともせず、ぐしょぐしょに濡れた下着まで取り払われて、あっという間に一糸まとわぬ姿にされてしまう。

「千尋さんの生き方を変えてほしいなんて言いません。でも……交際は交際ですから。今日から毎晩たくさん奉仕して、頭の中、とろとろに洗脳して……俺のこと、大好きにさせますね？」

「あっ……!?　きゃあっ……!?」

両脚を広げて膝を立てて、濡れてひくつく陰部に向かって屈み込んでくる。

真っ赤に充血しているであろうそこを――大人になってから誰にも見せたことのない場所をじいっと観察されて、千尋は竦み上がり、両足をバタつかせた。

「だ、だめっ、ぐちゃぐちゃなのっ……！　み、見ないって、いったのにっ……！」

「もう恋人なんですから、遠慮なんてしませんよ。見ない理由がないでしょう」

「っ、ちがう……付き合うなんて、いってない……っ」

「仮の恋人が無理なら、オナニー要員でもいいです。セックス、好きなんですよね？　千尋さんがムラムラしたら、俺がいつでも手伝います。傷つけちゃうから、挿入はしてあげられませんけど……」

「あ……あっ!?」

輝良の動きは速かった。

両膝を胸の方へ押し付けてきたかと思うと、散々弄ばれて熟れた陰部を、躊躇いなく口で包み込んで――。

「あぁあああぁ……！　いや、っ……うそ、っ、んっ……なん……なんで、っ……なんでぇ……っ……」

じゅるじゅると音を立てて吸われ、千尋は必死で頭を押し返した。

が、快感で指先まで力が入らず、びくともしない。

輝良は硬くなった陰核を執拗に吸い、舌でぬるぬると扱き上げてきた。

「はあっ、ぁあああぁあ……！　ん～～～……っ！」

指とは全く違う、濡れて、ざらざらと蠢く感触が絡みついてくる。

わけがわからないうちに胸の先まで勃起して、爪先がきゅうっと丸まった。

「っふ、ぁ……ぁああ……！　あっ、ああっ、も、あ、いく、っ……いく……また、いっ……ぁ、ああぁ……！」

陰核を絶え間なく愛撫されて達しているのに、また膣に指が滑り込んできて、シーツの上で頭を振り乱す。

「だめ、っ、らめ、っ……りょうほう、しちゃ……からだ、ぐちゃぐちゃに、っなぅ……っ……またぁ、イくの、ぉ……」

痙攣しながらじたばたと藻掻いたけれど、輝良は意にも介さず手淫を続けてきた。

千尋の腰が大きく跳ねるところばかりを、的確に、執拗に虐めてくる。

尽くす方がずっと自分の性に合っていて、幸せなことだったはずなのに——輝良の愛情に委ねたくなってしまう。

「っはぁ……敏感で可愛い……。和美さんのことも、俺のことも……きっと、お仕事も。千尋さん、頑張ってばかりだから……俺の愛撫で、癒やされて？」

「そん、な……いらな……いらな……い、っ、あああ……！」

歯で優しく包皮を押し上げて、剝き出しの花芯を舌で嬲られると、もう駄目だった。

愛液が止めどなく流れ、シーツを汚し、腰が浮き上がるたび糸を引く。

けれど、どんなに悶えても、輝良は凝りを解すように、舌で摩擦し続けてきた。

――……なんで……。

――おとこのひとも、こんな、えっちなこと、も……私の人生に、かんけい、なかったのに……。

――しあわせで、涙……でてきて……。

――ずーっと、輝良さんに……こうして、ほしい、なんて……。

爪先がひくひくと震えながら、宙をふらつく。

あんまりに幸せで、もう、時間も場所も何もかも、曖昧になっていた。

そのまま、何度イかされたかわからない。

舌先と指一本でとろとろに解されて、輝良がようやく舌を離してくれたときには、半分意識が飛んでいた。

シーツが汗でぐっしょりと濡れていて気持ちが悪いのに、寝返りを打つどころか、まともに喋る力すら残ってない。

「すごい……もうたくさんイってるのに、まだ指を締め付けてる……」

「っあ……ぁ……あ、ぁああ……？」

さらに指をねじ込まれる感覚があって、先ほどよりも強い摩擦に仰け反った。

「ああ、二本目、簡単に入っちゃいました。でも狭すぎて、キツくて……やっぱり俺の、入る気がしない……」

少し苦しかったけれど、不思議な充足感が上回る。

それを味わう余裕もなく、二本の指が絡みつく媚肉をかきわけて、お腹の方を突き上げてきた。

「あっ……！　あ、あ、あー……！　んぁ、あー……！」

ぐりぐりと内側から抉られるたび、頭頂から爪先まで鋭い快感が走り抜ける。

思い通りに動かない身体は、けれど快感には従って、びくびくと派手に震え上がった。

「だめだ……可愛すぎて、暴発しそう……次は会う前に、何度か抜いておかないと……」

何もかもが初体験だった。

だから輝良が興奮で息を荒らげ、辛そうな顔をしていることにも——乱れたバスローブの間から飛び出した性器が、だらだらと白濁交じりの涎を垂らしていることにも、気付く余裕はなかった。

「絶対、逃がしませんから……。両想いになった暁には挿入できるように、ちょっとずつ、広げていきましょうね？」

獲物を捕らえた肉食獣のような囁きに、けれど千尋は、「あぁぁ」と情けない喘ぎ声を漏らすことしかできなかった。

3　押しかけ年下恋人（仮）のご奉仕スキルが高すぎる件

「ごちそうさまでした！」

「ロールケーキとコーヒー、すっごく美味しかったです！」

カフェのレジカウンター越しに、輝良の二人の妹が微笑んだ。

千尋は看板メニュー、〝万里ロール〟が一本入った紙袋を姉の紗也香に手渡す。

「あの、これ、よかったらお母様に。よろしくお伝えください」

「わあ、ありがとうございます……！」

「また来ますねー！」

駅へ向かう姉妹を店の外まで見送り、二月らしからぬ晴れ渡った青空を見上げて、笑みが溢れた。

東京下町、水の都と言われる清澄白河。

この地区は、アメリカの有名コーヒーショップが日本に一号店を出してからコーヒーの街とも呼ばれ、週末は近隣の美術館や日本庭園を目的に人が集まる。

〝カフェ万里〟は、清澄白河駅から徒歩五分の賃貸オフィスビル一階にある、二十席ほどの小さなカフェだ。

オフホワイトの天井と壁に、ダークブラウンのレトロな木製家具と、寄せ木張りのフローリング。

暖かみのあるペンダントライトに照らされた店内は、モダンなのに、どこか懐かしい空気が漂っている。

「あら、千尋さん！　今日は良い天気ね～」

チワワを連れて散歩をしている常連客のマダムが通りかかり、笑顔で挨拶を交わしあう。

「今度孫が遊びに来るから、土曜日に季節のロールケーキをテイクアウトしたいんだけど。予約、お願いしていいかしら？」

「もちろんです。ありがとうございます！　ケーキは、ハーフサイズになさいますか？それとも――」

カフェエプロンのポケットに入れた小さなメモに注文を書き付けて、マダムと犬を見送った。

大きく尻尾を振って彼女の後ろを歩く姿に、なんとなく、健気な輝良が重なって――またもや、ふわりと頬が緩む。

あのとんでもない夜から、二ヶ月が経った。

『行為中は血迷って、衝動的に変なことを口走ってしまいましたけど、仕事が第一なのは変わりません。結婚は考えられないですし、子供なんて想像すらしたことないです』

朝になって、そう説明をしたのに。

お試し交際でいい。

仮の恋人でいい。

いつ他にパートナーを作って、捨ててくれても構わない。

子供だって望まない。

そう重ねられて、とどめに、

『だから――俺、正式にお付き合いできるまで、心の距離を縮められるように頑張ります。大事なお仕事の邪魔はしませんし、千尋さんの気持ちが変わるまで、何年でも、いつまでも待ちます！』

と、口説かれた。

『そもそもまず、デートをする余裕がない』と反論したが、

『その分俺が努力しますから！　それに……ふふっ、昨夜のが本心だって、俺はわかってますよ。年上なのに、むきになっちゃう千尋さんも可愛いですね。もっともっと、いろん

な顔が見たいです』

なんて、早くも〝物わかりの良い恋人の顔〟で図々しく流された。

以来、毎日朝晩欠かさず、メッセージや可愛いスタンプが送られてくる。

はじめのうちは、

『期待させるつもりはないです、何年待たれても気持ちは変わりません、時間のムダですよ』

と返事をしていたのだけれど、強引に押し切られ、頻繁に店に押しかけられ、気付けば根負けして、恋人（仮）になっていた。

いや、正確には花嫁候補（仮）だろう。

すでに見合い相手として家族に紹介され、ときどきカフェを訪れて慕ってくれる妹たちとも仲良くなってしまったのだから。

もちろん、本当に嫌なら、無視をすればいいだけだ。

一度目のデートのように、弱みを握られているわけでもない。

——でも……。

——でも今じゃ、私の方が……。

いつの間にか、マダムと犬の後ろ姿は消えている。

はっと我に返り、だらしなく緩んだ頬を、ぺちんと叩く。

「ううぅう……！　いかんいかん！　あとちょっと仕事……！」

カラン、とドアベルを慣らして店内に戻ると、休憩を終えたアルバイトの男子大学生、三ツ矢流星《みつやりゆうせい》が、テーブル席の客から追加の注文《オーダー》を取っていた。

アイドルタイムで、客は少ない。『後はよろしくね』と目配せをしてバックヤードに入り、ロールケーキの注文を予約システムに書き込んで、シンクの食器を軽く洗って食洗機に並べていく。

でもそれから数秒もしないうちに、また輝良のことが過って、口元がむずむずしはじめた。

――だ、だめだぁ～……。

――やっぱり人目のない場所だと、つい顔がにやけちゃう……！

でも、仕方ないと思う。

神崎輝良は、あまりに――で、で、できすぎた恋人だった。

正直、はじめの数週間は、

――現実的な付き合いが始まって、私が仕事第一で本当にデートの時間がないってわかったら、さすがに引いていくでしょ。

――そうじゃなくても、輝良さんの立場で冷静に将来や家族のことを考えたら、『やっぱり子供は必要だ、何年も待ってられない』って思うだろうし。

なんて予測していたが、現実は真逆だった。

カフェは不定休で、輝良とはなかなか休みがあわないとわかっても嫌な顔一つせず、

『じゃあ、退勤後に千尋さんのお店に行きます！　で、夕食デートしましょう。もし千尋さんが疲れていたり、遅くまで仕事があったら、一瞬顔を見られるだけでも嬉しいですし。週に一日のデートより、頻繁に会う方が距離が縮まりやすいって言いますしね！』

なんて言われてしまった。

この時点でもまだ、

『彼も楽な仕事ではないし、そのうち面倒になって足が遠退くだろう』

と思ったのだが、それも甘かった。

彼は今日まで、出張や残業のとき以外、休まず来るのだ。

心配になって、

『お仕事に支障が出てるんじゃ』

と聞いたところ、

『早朝に雑務を片付けるように、生活リズムを変えたので。千尋さんも早起きしてケーキの仕込みをしてるのかなって想像するだけで、なんか嬉しいです』

なんて、これまた爽やかな笑顔で言われてしまった。

しかも数日に一回は、

『これ、偶然見かけたので』

『よかったら、スタッフさんにも』

なんて、さりげなく手土産をくれる。

それも、千尋が仕事のためにリサーチして気になっていたお取り寄せのスイーツや、入手難なコーヒー豆ばかり。

仕込みや新メニューの開発で夜の時間すら取れないときは、『お仕事、頑張ってくださいね。無理だけはしないで』と、あっさり帰っていく。

千尋の方が、『もうちょっとお話ししたかったな……』なんて思うくらいすんなりと。

というのも、輝良とはケーキ作りや有名パティスリーのマニアックな話が尽きないのだ。

しかも、あんな始まり方だったにもかかわらず――いや、あんな始まり方だったからこそか、彼は何度か食事をして、手を繋いで、抱き締めて、と、ごくごく普通の恋人らしい手順を踏んでくれた。

輝良はいつでもストレートだ。

遠回しだったり、わかりにくかったり、誤解を招く表現は一切ない。

顔を合わせたときは毎回、『大好きです』と言葉にして伝えてくれる。

だから千尋も、ドキドキしている自分の心に嘘を吐けなくなってしまった。

初めて抱き締められたときも、緊張した様子で、でもまっすぐ向き合ってくれて――少しずつ巣作りでもするように千尋の心の隅っこに居場所を作って、今では二十四時間、ちょこんとそこに座っている。

そして何より、夜の奉仕が、半端なものではないのだ。

『一日立ち仕事、お疲れ様です。とろとろにして、疲れを癒やしてあげますね。もちろん挿入は、正式なお付き合いまで……いえ、もしそうなっても、千尋さんが怖かったら、絶対にしませんから』

と言って、夕食後は輝良のマンションで丹念に膣を解され、千尋が寝落ちてしまうまで、指と舌で何度も何度も何度もイかされる。

いつか挿入するための準備と称して、それはもう延々と。一方的に。

何度か、『私ばっかり嫌です』『輝良さんも気持ち良くしてあげたい』と言ったこともあるけれど、

『大事にしたいんです。まだ指を入れただけできついですし、このくらいにしておきましょう』

なんて逃げられてしまう。

初めてホテルに行ったときも薄らと兆候は感じていたのだけれど、ベッドの上での輝良は、千尋以上の〝尽くしたがり〟だったのだ。

全身愛されに愛され、究極のヒーリング効果を得て、最近は肌の調子もよく、髪質まで

艶を帯びてきた。

あまりに愛情表現が長くねちっこいものだから、最近はそのまま輝良の家で朝まで眠ってしまうことも少なくない。

千尋のマンションより職場のカフェが近いから困ることはないし、輝良は喜ぶのだけれど、ずるずると半同棲状態になりかけているのは、良くないと思う。

そんなこんなで――。

千尋は全く望んでいなかったにもかかわらず、仕事を応援してくれて、ＱＯＬを爆上げしてくれる、パーフェクトな恋人（仮）を手に入れてしまった。

最近は幸せすぎて、

――何か騙されてるか、挿入するための練習台にでもされてるんじゃ……？

なんて思うことすらあるほどだ。

だから唯一の問題は、どうしても出産だけは考えられず、輝良に甘えて、ずるずると仮交際状態を続けていることだった。

もちろん輝良は、『子供なんていいです』と言うだろう。

でも彼は若くてモテる。

今後、いくらでも他の未来がある。

一度休日が重なって日中にデートをしたとき、少し目を離しただけで千尋よりも若くて綺麗な女の子からナンパされていたし(女の子から突然声をかけることなんてあるんだ⁉と衝撃を受けた)、まだ千尋との関係を知らない祖父が奔走して、見合い相手を探してくれているようだ。

父親を早く亡くしたからこそ、輝良の家族や祖父、そして輝良自身だって、本心では子供を望んでいるに違いない。

——だから、気持ちに応えるなら、輝良さんの望みを叶える形じゃなくちゃって、思うけど……。

結婚だけならまだしも、出産や子育てはやっぱり想像できなかった。

カフェ万里は、自分の子供のように大切な場所だ。

妹の夢を実現しよう——その目標を持つことができたから、今の明るく前向きな千尋がある。

そうでなければ、今も妹の死という暗い影を背負って生きていただろう。

妹が好きだった旅行先に二号店を出す目標だって、結婚や出産で予定が遅れるだけならまだいい。

でも出産後、もし体調を崩したら?

自分が店に立てなくなったら?

もし特別なサポートが必要な子だったら?

育児でストレスを抱えたら？

誰かに店を任せたり、経営を譲るなんて考えられない。

自分が店に立たなければ意味がない。

不労所得を増やしたいわけではないのだ。

もうすぐ三十代だというのに、突然現れた男性に押し切られて、衝動的に人生の計画を変更するなんてありえない。

だから輝良には、

『チャンスがあったら、お見合いしてくださいね？』

と、ことあるごとに伝えているが、彼の時間を無駄にさせていることに変わりはない。

それなら今すぐ別れ話を、と考えても、理屈と心が噛み合わず、延々と綱引きを続けていたのだけれど。

――でも……やっっっと、気付いたのよ！

――一度最後までやっちゃえば、何かしら踏ん切りがつくんじゃ？　って……！

――こんなにモヤモヤしてるのは、これまで恋愛とは無縁の人生で、無自覚に欲求不満だったのが開花しちゃっただけかもしれないし？

――男性ってこんなもんかーってわかれば、悔いも残らず、心が決まるはず……！

初めてだから、実際のところはどんな気持ちになるのか、全く想像がつかない。

けれどとにかく、輝良をこれ以上待たせたくない。

あの大きさが何の抵抗もなく入るかというと正直不安はあるが、もう二ヶ月近く慣らしてくれているのだから、大丈夫だろう。

――っていうか、最近は入れてみてほしくて、物足りないくらいだし……！

輝良は今日、海外出張から直帰するらしく、少し早い時間にカフェに来るらしい。

さらに明日はお互い休日だ。

つまり、今晩はじっくり向き合う時間がある。

通販で一番大きいコンドームを購入済みだし、ネットの記事で騎乗位も予習しておいた。

――初体験で自分から、なんて緊張するけど。

――まずは普通に頼んでみて、それでも駄目だったら……。

――輝良さんだってずっと我慢してるんだから。私から本気で迫ったら、喜んでくれるはずだし……。

「――ひ――ちひ……ひろさ……千尋さんっ！」

「え……あっ、えっ？」

洗っていたマグカップがシンクに落ちて、ぱりん、と音を立てた。

「うわ、わっ！　やだごめん、流星くんの割っちゃった……！」

猫の描かれた大ぶりのマグカップが、綺麗に三つに割れている。流星が休憩時間用に持ち込んだ私物だ。

「そんなのいいですから。怪我は？」

「落としただけだから、大丈夫――わっ……」

流星は千尋の手を取ると、流水で泡を流し、じっと観察した。

彼は、千尋の父が仕事を通して親しくなった、とある経営者の息子で、旧家の御曹司だ。

去年大学に進学した彼は、居酒屋でアルバイトをしている同級生に触発されて同じ店の面接を受けたらしい。が、両親から、

『小遣いは足りてるんだろう？　居酒屋なんて、酔っ払いのいるところ……。どうしてもバイトをしてみたいって言うなら、藤原さんの娘さんが開いたお店なら……』

と言い伏せられて、千尋が預かることになった。

まだ経営の安定しない時期だったこともあり、流星は深く恩義を感じたらしい。

カフェのＳＮＳアカウントで、自ら季節のロールケーキを片手にした顔出し写真を投稿して――その美貌と、どこぞやの御曹司らしいということが噂になって女性客が殺到し、経営が大きく上向くきっかけを作ってくれた。

当初は弟のように可愛がっていたが、仕事の飲み込みが早く、客への気配りも事細かで、今やワンオペも任せられる主戦力だ。

「よかった、怪我はないみたいです。もし千尋さんに何かあったら、俺が常連さんに怒ら

れますからね……！　破片も俺が片付けるので、絶対触れないでください」

「あはは、そんな大袈裟、な……」

引き笑いをしつつ、流星に握られた手元を見下ろして、また輝良の方へ意識が飛んだ。

——同じ男の人でも、輝良さんの手とは、全然違うなぁ……。

——輝良さんはもうちょっと大きくて、ごつごつしてて……。

……、てことは……股間のサイズも、やっぱりそれに比例して……。

「……ひろさ……ちひろさん——千尋さんっ？」

「わ、っ……あ、っ、わあ〜ッッ!?　ご、ごッ、ごめんなさい!?!?」

「……？　あの、神崎さんがいらしてますよ、って伝えに来たんです。この後デートなんですよね？　コーヒーお出ししておきますか？」

「えっ、あっ……だ、大丈夫、すぐ行くから。じゃあ、後はお願いしていいかな？　そろそろ夕方シフトの子も来ると思うし」

「はい。テイクアウトの予約は、いつもの常連さんのサンドイッチだけですよね」

「うん、そうそう。ピクルス抜きでね」

「了解です。……それにしても、すごいですね。ほぼ毎日じゃないですか」

割れたマグカップを摘まんでビニール袋に入れながら、流星が声を低めた。

バックヤード兼キッチンとフロアは壁を挟んでいるから、声を張らない限り客に会話は聞こえないが、千尋も釣られて小声になる。

「え？　何が？」

「神崎さんですよ。俺、やっぱり心配です」

「……もう。またその話？」

千尋は苦笑しつつ食洗機に洗剤を投入し、スイッチを入れた。

「だって……千尋さん、あの男と付き合いはじめてから、おかしいですよ。さっきだって注文取り間違えてましたよね？　今もぼーっとして……何か悩んでるんじゃないですか？」

「まあ……そりゃあ……何でも順風満帆にいくわけじゃないし……」

ロッカーから出したバッグにエプロンをしまい、髪を解きつつ、内心、

——流星くんの言う通り、これじゃスタッフにも示しが付かないし。

——絶対に今日、心を決めないとな。

と溜め息を吐く。

というのも、ずっと輝良のことが頭を占拠しているせいで、最近はオーダーの順番を間違えたり、食材の発注数や調理手順を間違えたり——今までなかったミスばかりなのだ。

「っていうか、お見合いで知り合ったんですよね？　結婚前提なのに、二ヶ月も毎晩のように家に招くなんて、非常識です。絶対遊ばれてます。ただヤりたいだけですよ」

千尋とともにクローズまでシフトに入ることの多い流星は、輝良と何度も顔を合わせているが、あまり印象が良くないらしい。

流星も御曹司であるがゆえに、富裕層の、古式ゆかしい優生思想的な見合い文化を理解している。

つまり、交際成立は結婚とほぼ同義なのに、責任も取らずにずるずると遊ぶとは何事か、ということのようだ。

「っ……、そ、そう見えるかもしれないけどね、これは輝良さんが悪いんじゃなくて、私が……」

「ほら、それ。ヤバい男にハマった女性がよく言うやつです。『彼は悪くない、私がいけないの！』って」

「あはは……いや、でもそこは本当なの。詳しくは言えないけど……迷惑かけてるのは私だから」

「なんで庇うんですか？　千尋さんはそんなことする人じゃないって、知ってますよ。ずっと『結婚は興味ない』って言ってたのに、急に変わったのもおかしいですし」

「う……」

「それに俺、母から聞いたんです、彼の噂。お見合い相手と破談続きらしいじゃないですか。母も千尋さんをすごく心配して、俺に『何かあったら助けてあげなさい』って。脅されたりしてません？　無自覚にモラハラ受けてたり……」

本気の心配だとわかる分、全てを説明できないのが心苦しい。

でも出会いや交際の経緯を明らかにできない以上、理解を得るには限界があった。

「とにかく、私は大丈夫だから。心配しないで」

「っ……でも……」

「あ、マグカップ、今度プレゼントするから！　それまで、休憩中はお店のカップ使ってね」

コートとバッグを手に店内に戻ると、割れたマグカップを片付けていた流星はわざわざ作業を中断し、ボディーガードさながらに後ろをついてきた。

「！　千尋さん！　お疲れ様です」

入り口近くのカウンター席に座っていた輝良が千尋に気付き、満面の笑みで立ち上がる。

――うぅ、かっこいいし、かわいい……。

――やっぱり、顔が緩んじゃう……！

いつもは仕事帰りのスーツ姿だけれど、今日は家に帰る余裕があったらしい。

ニットセーターとデニムパンツにダウンジャケットを羽織り、足元はスニーカーというラフな装いだ。家を訪ねるようになって知ったことだが、彼はスニーカー蒐集が趣味らしい。

「すみません、お待たせしました」

近付くと、輝良と流星の視線が絡み、一瞬、緊迫した空気が流れた——気がした。

金曜の夕方とあって客は少ないが、一瞬店内がざわついたのは、長身のイケメンが二人並んでいるからだろう。

「……えっと。流星くん。あとはよろしくお願いします」

「ええ、任せてください」

頷きながらも、流星は露骨に輝良を睨んだままだ。

さらには、千尋の方へ屈んで耳元に顔を寄せ、

「本当に、気をつけてくださいね。何かあったら、すぐ電話ください。即店閉めて、バイクでどこでも駆け付けますから」

と囁き、ぎろりと輝良を一瞥して、さっさとバックヤードへ戻ってしまった。

輝良は困ったように肩を竦めて千尋を見下ろすと、「行きましょうか」と言って、ドアを開けてくれた。

クローズより早く退勤したときは、少し散歩をしてから輝良の家に行くのが、いつの間にか習慣になっている。

近くの公園に向かいながら、輝良が頭を掻いた。

「俺、やっぱり、彼に嫌われてますよね」

「いえ……ごめんなさい。輝良さんとの関係を、私がもうちょっと上手く説明できていたら良かったんですけど……」

「言えなくて当然ですよ。俺だって、家族にはお見合いだって伝えましたし」

——結局これも、私がいつまでも心を決めていないせいだな……。

と情けなく思ったとき、公園から出てくる母子を見て、はっと思い出した。

「そうだ……！　和美、やっと生活が安定してきたみたいで。昨夜初めて、電話をくれたんです。無事に予定地に着いたよってメールだけは、大分前に受け取ってはいたんですけど」

「ああ……良かったですね。パートナーの方とも、上手くいってそうですか？」

「ええ！　輝良さんにご迷惑おかけしてないかすごく心配してたから、『実はバレちゃったんだけど親しくなった』って言ったら、びっくりしてて」

「あはは、それは確かに、驚くだろうな」

和美は、仙台《せんだい》で新しい生活を築いていた。

駆け落ち直後は慣れない環境で体調を崩したそうだが、パートナーの仕事も決まって、今は二人きりの幸せな生活を送っているようだ。

これまで実家で使用人に囲まれて暮らしていた和美にとって、初めてのアパート暮らしは戸惑いも多い様子だったけれど、声には喜びが溢れていた。

「そうそう、彼との写真も送ってくれたんです。もうお腹も膨らんできてて！」

写真を表示してスマホを手渡すと、輝良が目元を綻ばせる。

「わあ……二人とも素敵な笑顔ですね。最高に幸せな時期だろうなぁ……。お子さんも無事に生まれて、いつかお父様にも認めてもらえたらいいですね」

「そうですね……。結局あの後、父親が執念で和美の居場所を探し出したらしくて。今は母親を介して連絡を取ってるみたいです。なんとか、受け入れてくれたらいいんですけど……」

輝良は穏やかな眼差しで、腹部の膨らんだ和美の写真を見つめている。

――子供ができたら……輝良さん、すっごく優しいパパになるんだろうな……。

もし子供を望んでいて、輝良の身体を受け入れることができて、千尋よりも若い、出産適齢期の女性が現れたら。

彼だって、わざわざ三十間近の千尋を選ぶことはないだろう。

そしてそんな女性は、山ほどいると思う。今まで、彼の女性運が悪かっただけで。

――……とにかく、今日で全部、けりをつけるんだから。

そんな決意を胸に秘めつつ公園を一周して、輝良のマンションへ向かった。

彼の手料理を堪能し、シャワーを浴びて、一緒に映画を見て、それからその夜は、初めて千尋からねだって――。

「っふ、っ……ぅ、……！　ぃあ、っぁ……！」

お腹の中に、ぬるぬると新たに指が入り込んできて、千尋は震え上がった。

すでに何回か絶頂を与えられた身体は感度が上がって、両胸の先はぴんと硬く尖り、頭の芯まで快感で犯されている。

「もう三本、飲み込んでますよ。前はここまで慣らすのに、もっと時間がかかったのに。今じゃ、抱き締めてあげただけで濡れてて……どんどんエッチになって、すごく可愛い……」

「ンぁ、っ……！」

根元まで収めた指を小刻みに揺らされて、くちくちと小さな水音が響いた。

薄暗い部屋の中、涙でぼやけていた寝室の天井が、さらにぼんやりと歪んでいく。

「あ、っあ……だ、っ……て……輝良、さん、が……」

「ん？　俺が？　何？」

普段、人に甘えたいだなんて思うことはないのに。

輝良に甘く囁かれると、一段と身体が熱くなってしまうのは、どうしてだろう。

「いつも、わたし、ばっかり……気持ち良く、する、から、ぁ……っ」

「当然でしょう？　だって、たくさん尽くして、振り向いてもらわなくっちゃ」

確かに輝良の言う通り、初めて指を三本入れられたときは入念な愛撫が必要だったし、かなり苦しかった。

でも今は違う。

丁寧に丁寧に時間をかけて調教された身体はすぐに感じてしまうし、指三本では物足りず、もどかしいくらいだ。

――いつもこの先は、指でばっかり愛されて、終わり、だけど……。

――でも今日は……輝良さんがシャワー浴びてる間に……避妊具、枕の下に、準備したし……。

――もう少し、広げてもらったら……。

「千尋さん？　今、他のこと考えてました？　前は『他の男を想像して』なんて言ったけど……もうダメですよ？　ちゃんと俺を見て……俺の愛情、感じて？」

「ひぁ、ぁあぁー……っ……！」

媚肉を振動させるような小さな出し入れから一転して、今度はぐりぐりと臍の方を押されて、甘い悲鳴が零れた。

また軽く達して、腰から指先まで痺れが駆け抜け、うっとりと息を吐く。

「千尋さんが俺の手で乱れる姿を見るだけで……すごく幸せです。もっともっと、ずーっと見ていたい……」

「あっ！　あっ、ぁ……！　あうぅ、っ……！」

――なんか……今日の輝良さん、すごく……。

ときどきやけに愛撫がしつこい日があるけれど、どうやら今日の彼は、そんな気分らしい。

――いつも、流星くんと会った日とか……男性の常連客に引き留められて、なかなか店を出られない日だった、気がする、けど……。

これほど何もかも揃った人が、嫉妬なんてするとは思えない。

彼はいつだってスマートで、下らない感情とは無縁な人だ。

集中しろ、とばかりに、お腹を突き上げるように押し込まれて、涙が溢れる。

はじめの頃は、指に吸い付いた粘膜が捲れる感覚が怖かったのに、充血した肉を扱かれる幸せを知ってしまった今は、期待しかない。

「っあ……私、も……っ今日は、もっと、頑張りたい、から……あし……ひろげてる、から、ぁ……もっと……」

「っ……」

震える指で、自分の両脚を広げて抱え、秘部を見せつけた。

熱くなった顔を横に逸らす。

とんでもなく恥ずかしいけれど、今日は、少しでも輝良にその気になってもらうために、恥も外聞も捨てると決めている。

そして期待通り、輝良の喉が、音を立てて上下した。

「千尋さん……すごい……俺の指咥えて、ヒクついちゃってるのも、ぐちゃぐちゃに捲れてるのも……丸見えです……」

「っや……言わないれ……はや、く、っ……」

「じゃあもう一本、入れてみましょうか。この間、少し苦しそうだったから……ゆっくりしますね」

すでに右手の指を三本飲み込んでいる秘部に、さらに左手の人差し指が添えられた。

きゅうっと膣が収縮したのは、恐怖ではなく期待によるものなのに、輝良は時間をかけて慎重に膣口を押し広げ、新たな指を一本、滑り込ませてきた。

「あ……ぁあ、あー……！」

何度も達して蕩けた身体は、僅かな痛みすら、すぐさま快楽に結びつけた。

ちかちかと視界に火花が散り、酸素を求めてはくはくと口が開いたけれど、息を吸うのもままならない。

「っ……千尋さん、すごい……どんどん、飲み込んでく……辛く、ないですか？　もっとほしい？」

「ぁう、あ、ぅー……っ……や……な、なに、なに、これ、っ……あん、っ……！」

四肢が痙攣して、もう、自分で両脚を抱いていることも難しかった。

ただ指を増やされただけなのに――みっともなく広げた両足がベッドを蹴って、腰が浮き、かくん、かくん、かくっ、と前後に動いて止まらない。

「あっ、んぁ……！　ぁあぁぁー……！　あっ、こすって、っ……こすって、ぇ……っ……」

達したのだ、と気付くのにしばらくかかった。

と同時にまだ足りなくて、切なくて。自分の身体がこんなに貪欲だったなんて、信じられない。

「っ……千尋さん、今日はどうしちゃったんですか？　いつもなら恥ずかしがるのに……。素直になってくれるの、すごく嬉しいから……一番大好きなところ、あげますね」

「あ……あ！　あ、あー……！」

輝良は挿入した指を折り曲げて、腹部を内側から捏ねてきた。

押し出されるように涙が、涎が溢れ、また絶頂まで押し上げられて、指を食い千切らんばかりに膣が締まっていく。

浮き上がった臀部を伝って、つうっと愛液が流れ落ちていく感覚がある。

大きな波が通り過ぎると、ガクガクと膝が震えて、腰がベッドに落ちた。

「はぁっ、はっ……ぁあぁ……」

もしかしたら愛液だけではなくて、少し漏らしている気すらしたが、あまりの快感に、全てがどうでもよくなっていく。

もう刺激は止まっているのに、愛液と汗で濡れたシーツの上で、なお淫らに前後し続ける腰が、恥ずかしくてたまらない。

「千尋さん、すごい……。見るだけでわかるくらい、胸の先とココが、ガチガチに硬くなっちゃってる……」

「っ……や……いや、っ……みない、れ……」

「ふふっ、千尋さんが自分で脚を開いて、見せつけてきたんですよ？　こんなにいっぱい咥えて、ナカだけでイけるようになって……。前は、こっちも触ってあげないと辛そうだったのに」

「あんっ……！」

ふうっと陰核に息を吹きかけられただけで、全身がまた跳ねた。

思い通りに動かない腕をなんとか動かし、ぎこちなく涙を拭って、輝良の下腹部に視線を移す。

ゆったりとしたパジャマ姿にもかかわらず、そこは明らかに歪に膨らんでいた。

「っあ……」

ごくり、と、喉が鳴るのと同時に、膣が蠢いた。

いつからだろう。

渇いた喉を潤すように、輝良を欲しい、と願い始めたのは。

もしかしたら、一番はじめに触られたときから、輝良の身体を初めて見たときから、心のどこかで願っていた気もする。

「輝良さん、わたし……今日こそ……い、入れてほしい、です……」

輝良は、眉を寄せて笑った。

たまに思う。

輝良にとってこの行為は、癒やしを求めてペットの犬や猫をくしゃくしゃと一方的に可愛がるのに近いのかもしれないと。

だって今も、『お菓子が欲しい』と駄々を捏ねる子供を宥めるように苦笑して、ひくついている膣を撫でられた。

「っあ……ん……！」

「まだダメですよ。わかってるでしょう？　こんなにぎゅうぎゅうで、指すら簡単に動かないくらいなのに……絶対、裂けちゃいます。俺を受け入れてくれた千尋さんに、トラウマだけは作りたくないから……」

「っそんなの、覚悟、してますから……っ、もう、指じゃなくて……輝良さんの身体で、広げて……慣らして……？」

千尋が起き上がろうとすると、輝良が、

「あ、待って！　急に動いたら傷つけちゃいますって……！」

と慌てた様子で、でもゆっくりと指を抜いた。

「あぅっ……」

腹部から去ったときは、いつも、深い喪失感に襲われる。

それを埋めるように、今度こそ起き上がり、輝良に抱きついた。

いや、正確には、ほとんど脱力していたから、倒れる形でもたれて、彼に抱き支えられたという方が近いかもしれない。

「わ、っ……、千尋さん？　ど、どうしたんですか、今日はやっぱり、なんか、いつもより……」

欲望に塗れた身体を包み込まれると、心が満ちて、もっと彼に近付きたくなる。

なのに、千尋がなんとか両腕に力を込めてぎゅっと身体を密着させると、輝良は逃げるように身体を引いた。

「ち、千尋さん、あんまり……その、可愛く甘えられると、俺……。いつも、かなりギリギリで、その、際どい感じなので……」

輝良はよくわからないことを言いながら、じり、じり、と千尋の腕から離れていく。

——ううっ……お願いしてもダメなら、計画通り、やるしか……っ！

——でも……、……待って？

——押し倒す、って……、……、……輝良さんを？

輝良は大きい。

いや、アソコがではなくて。体格がだ。

いつも一方的に愛されるばかりで、彼の裸体を見ることはあまりないけれど、惚れ惚れするくらい立派な体格だ。服を着るのは、逆に野暮なのでは？　なんて思うくらいには。

そして、必ず朝一で筋トレをしている。

つまり——。

えい、と両手で胸を押してみたけれど、びくともしない。

それどころか、輝良は不思議そうに首を傾けた。

「……？　なんですか？」

「えっと、……いえ、あの、……」

もう一度、今度は全力でぐっと押したが、逆に千尋の身体が後方にずれただけだった。

無力だ。猫が前足でふみふみしているのと同じくらい、無力だ。

「千尋さん……？」

押し倒そうとしていること自体伝わってないようで、情けなくなってくる。

でももちろん、千尋はこうと決めたら、やり抜く女だ。

「輝良さん……私、決めてきたんです」

「決めた？　って、何を……っあ！」

パジャマ越しに、下半身を握った。

もちろん、もう大きさには驚かない。

それよりも、パジャマまでうっすらと湿っていることが嬉しかった。

——よかった……興奮してくれてる……。

——全然そういう素振りがないから、ちょっと不安だったけど……これ、私に入れたい、って思ってくれてるから……だよね？

「な、なっ、何してるんですかっ、ちょっと、離してっ！　だ、駄目です……！」

輝良に手首を掴まれる。

剝がされる前にぎゅうっと股間を握ると、「ひっ」という悲鳴とともに、輝良の手から力が抜けた。

「輝良さん、いつもそう言うから……だから……」

輝良は常に紳士だ。

千尋が強く出れば、決して力尽くで止めたりはしない。

立派な体格に加えて、一貫して千尋を尊ぶ態度は、姫に忠誠を誓う騎士を連想するほどだ。

だから、彼が抵抗できないことを利用して——ズボンとパンツをむんずと摑み、思いっきり下ろした。

「わ、わ、わぁぁぁ……っ!?　駄目です、駄目ですって……っ！」

期待通り、ズボンが腰から脱げた勢いで、上半身がどさっと倒れた。

と同時に、勢いよくソレが飛び出し、下着と亀頭の間でつうっと糸を引いて、息を呑む。

——やっぱり、格好いい……。

なんて目を奪われたが、今は感動している場合ではない。

「っ……ち、千尋さん、ちょっ、ちょっと、待ってっ……！」

輝良が体勢を立て直す前に、下着ごとズボンを両脚から引き抜いて放り投げ、輝良の脚の上に馬乗りになった。

「っ!?!?　あ……あわ……あ……ち……ちっ、ちひ、」

「輝良さん、じっとしててください……！」

輝良は、怯えたようにベッドの上に這いずろうとしたが、ごつん、とヘッドボードに後頭部をぶつけて、くたりと枕の上に頭を沈ませる。

「っ……そ、そんな……見るものじゃ、ないです……」

じっと下半身を見下ろすと、輝良は顔を赤らめて枕の上で頭を逸らした。

でも下半身は素直で、喜ぶようにひくひくと揺れ、ぷくりと先走りが滲み出る。

――やっぱり……ちょっと別の生き物みたいで、可愛いし。

――それに……輝良さんのことも、喜ばせてあげたいし。

――何より私が……触って、みたい……。

そんなことを思うのは、若いうちに経験を済ませておかなかったせいなのだろうか。

もしそうだとしたら、この先を知れば、何らかの決心は付くはずで。

「私だって、もっと見たいです。輝良さんの身体。いつも輝良さんが、私の恥ずかしいところ、見るばっかりで……」

「あ……あっ!?」

ただ握り込んだだけでいっそう硬く、太く成長して、ますます愛しさが溢れる。

体液で濡れ、つるつると滑る亀頭の感触は気持ち良くて、ずっと撫でていたくなる。

「千尋さんっ、手……っ、てっ、てっ、手を、汚してしまいますから……！」

「私だって、輝良さんの手、いつもたくさん、汚しちゃってます」

「っあ……っ、っ……！　そんな……こ、こす、っ、こすったら、だめ、で、っ……」

輝良の整った顔が歪み、胸まで捲れ上がったパジャマの下で、腹部が繰り返しびくついた。

腹筋がくっきりと浮き上がって割れ目を作る様も、分厚い胸板が大きく上下する様も、ついつい見蕩れそうになるほど艶めかしく、美しい。

「私、今日は、本当に覚悟を決めてきたので……」

感じてくれている姿を見て、千尋は枕の下を探り、取り出したものを輝良に見せた。

「え……、な……なっ、なんっ……!? なんでそんなところに、っ」

「ネットで、一番大きいの、買ってみました」

「……え?」

輝良は千尋の手元に釘付けになり、口を半開きにしたまま、言葉を失っていた。

一方、輝良の性器はさらに充血し、つうっと、白濁交じりの先走りが幹を伝い、流れ落ちていく。

「あ……あ……! ち、千尋さん、だ、ダメ……」

封を切り、動画で勉強した通りに装着していくと、輝良は逃げるように尻で後ずさる。脚の上に体重をかけて押さえ込むと、彼は「ううっ」と鳴き、薄いゴムをまとわせていく千尋の指先に釘付けになった。

サイズがあわなかったらどうしよう、という不安は杞憂に終わった。

かなりパツパツな気がするけれど、とりあえず、覆われていれば大丈夫だろう。

本当はあれこれ触って反応を見たいところだが、逃げられてしまっては元も子もない。

「輝良さんは、何もしなくていいですから。じっとしてて……」

「え、っ、わ……!?」

今まで輝良に言われてきた言葉をそっくりそのまま返し、腰の上に跨がり、屹立に手を添え、花弁の間にぬちゅりと亀頭を押し当てた。

「っ……、こうすれば……痛くても、自分で、止められる、から……」

「で、っでも、……」

輝良が、触れあっている下半身を凝視して、ごくりと喉を鳴らす。

やっと繋がれる――そう思うだけで、鼓動がさらに速くなる。

――これって……ただの……性欲なの……?

――それとも、身体では私も、輝良さんの子供を望んでる……?

まだ少し、心と身体がちぐはぐだ。

また止められる前に、息を整えて、少しずつ腰を落とすと、指とは比べものにならない圧倒的な質量が、膣口にめり込んできた。

「っ……! ん、っ……」

「あ、っ……千尋、さ……」

散々解されて、愛液で摩擦が緩和されているおかげか、めりめりと、少しずつ少しずつ、確実に膣口が開いていく感覚がある。

が、一番太い雁首の手前に差し掛かると、ぴりりと痛みが走った。

「っ……！」

「千尋さん……やっぱり、やっぱりダメです……！　傷つけて、痛くて怖い思い出にだけは、したくない……っ」

輝良が、痛みを慰め、意識を逸らすように脚を撫でて、やんわりと千尋を遠ざけようとしてくる。

「っ……大丈夫だから……輝良さんは、うごかないで……」

指先で辿って確かめると、カリ首まであとほんの少しだ。

膣が広がるのを待って、おっかなびっくりやっていたら、埒があかない。

——大丈夫……大丈夫。初めてなんだから、痛いのなんて、当たり前だし……。

——前に輝良さんに言った通り、子供が出てくる場所なんだから。

——何より……早く、輝良さんにも、気持ち良くなってほしい……。

そう念じつつ、なかなか腰を落とす勇気が出ずにいると、今度こそ、輝良がしっかりと腰を掴んで、逃れようとした。

「やっぱりやめましょう……！　俺、もっと指で慣らしてあげますから、ね？　一回離れて、」

「だ、だめ！　もう、少しで……」

逃げられちゃう――そんな焦りを勇気に変え、思い切って腰を落とした。

一瞬、僅かに皮膚が裂けたような感覚があった。

けれど、輝良が二ヶ月もかけて少しずつ慣らしてくれて、今も愛液でたっぷり濡れていたおかげだろうか。

強い抵抗を感じたのはそのときだけで、輝良の硬さは、膣口の抵抗を易々と上回り、ずぶりと腹部に入り込んでくる。

「ぁあ、ああぁ……っ！」

涙が滲むほどの痛みに息が詰まり、腰が途中で止まった。

また指で恐る恐る確認すると、どうやら亀頭の一番太い部分まで、飲み込めたらしい。

それなら後は楽だろうと思うのに、指以上の圧迫感に、なかなか腰を進めることができない。

「はっ……は……っ……あ……ち、ひろ、さ……はい、っ……はいっ、て……はいってる、っ……」

輝良は千尋の太腿に手を添えたまま、潤んだ目を見開いて、接合部を凝視していた。

あまりの圧迫感に、ただ頷くのが精一杯だ。

頭を縦に振るたび、汗ばんだ首や顔周りに乱れた髪が張り付く。

「つあ……！　う、そ……輝良さん、の……また……ぁ……」

食い千切らんばかりにきゅうきゅうと締め付けている膣をものともせず、輝良の身体はさらに膨張して、内側から押し広げてくる。

「千尋さん、っ……ダメ……駄目、ぬ、抜いて、抜いて、くだ、さ……お、おっ、おれ、本当に、っ……こ、こ、こんなこと、されたら、っ……」

喜んでくれると思ったのに――輝良はまたもや、腰を引く動きを見せた。

千尋を楽にしようとしたのかもしれないが、今度はきつく締まった膣口に迫り出したカリ首が引っかかって、内側から広げられる違和感に「んんっ」と呻く。

「っ……や、だめ、っ、だめです、っ、やっと、入ったのに……もっと中まで、ください……っ……」

時間をかけようがかけまいが感じる痛みは同じだと割り切って、さらに腰を落とした。

新たな痛みを覚悟していたのに――難所は、一番太い場所だけだったらしい。

「あ、ぁ、あー……！」

驚くほどスムーズに、熱い塊で、狭い粘膜がこじ開けられていく。

指では届かなかった、お腹の奥の奥までみっちりと満たされて、子宮口を押し上げられた瞬間。

全身が浮き上がったような錯覚に襲われて、頭の中が、ふわりと真っ白になった。

「んぁ、あっ、あ、あ……あー……!?」

「つう、ぐ……！」

耳鳴りがして、輝良の呻き声が遠く、霞んで聞こえる。

未知の衝撃に貫かれ、がくんと前のめりに倒れ込み、輝良の身体に両手を突く。

刺激を受ける場所が僅かに変わり、まだ知らない場所にごりっと亀頭がめり込んできて
――そうと自覚のないまま、達していた。

「あぁ、あ……っ……」

「ッ……」

――なんで……なんで……？

――おなか……輝良さんで、いっぱい、で……。

――痛くて、くるしくて、こわれちゃいそう、なのに……。

快感以上に尊い何かで満たされて、涙が込み上げてくる。

「ぁう、っあ、っあ……あー……」

ガクガクと脚が震えて力が抜け、輝良の上に座り込む。

けれど、千尋の膣と、輝良の大きさが見合っていないのだろう。

自分の体重でひたすら最奥を押し込まれる形になって、ちかちかと視界が点滅し、その
たび意識が一瞬、彼方へ飛んでいく。

「あっ……あっ……あ……！」

息が、まともに吸えなくて。

助けを求めて顔を上げ、輝良を見て——。

「っあ……」

ぞくぞくっと、背中に、震えが走った。

狼のような、鋭い眼光が、まっすぐ自分を射貫いている。

さっきまで必死に制止を求めていた輝良は、もう、何も言わなかった。

ふーっ、ふーっと荒い音を立てて、呼吸を繰り返すばかりで。

腹筋がビクビクと浮き上がり、彼の両手の指は、いつの間にか千尋の太腿に食い込んでいる。

今まで見たことのない、怒りを押し殺した様子に——衝動を耐えているのだと、すぐにわかった。

——なんで……？　がまんなんて……して、ほしくない……。

——わがまま……いって、ほしい……。

——私……もっと……輝良さんの、いろんな顔……みてみたい……。

湧き上がる気持ちのまま腰を浮かせて、輝良を扱くように上下させると、微かに痛みが走る。

「あっ……ん、んん、っ……」

やっぱり、どこか裂けているのだろう。

でも、些細なことだった。

痛みへの恐怖より、輝良に尽くして、喜んでほしい気持ちが溢れて止まらない。

「あ、あっ……！　あ……ぅ、っ、きもち、っい……きもちい……」

恥骨を擦り付けるように腰を前後に動かすと、子宮口がぐりぐりと刺激されて、段々頭の中がぽーっと蕩け、少しずつ快感で痛みが霞んでくる。

輝良が幸せになっている姿を見たいのに、こんな動きでは足りない気がする。

でも受け入れただけで精一杯で、足腰に上手く力が入らない。

「っ……あ、っ……輝良さん、も……動いて……うごいて、くださ……」

ごくり、と輝良の喉仏が上下した。

きっと、あと一押しだ。

「いつも、ゆびで、してくれるみたいに……気持ち良く、して……おねがい……」

輝良の汗ばむ胸板に両手を滑らせ、いつも彼がしてくれるのを真似て、指の先で乳頭を引っ掻いてみようとしたとき。

輝良の両手が、突然腰骨の方へ移動して——ぐっと摑まれた。

「え……？　あ……？」

顔を上げると、彼の目から、理性の光は消えていた。

千尋を凝視し、獣のように舌舐めずりをする。

それから――。

「あんッ!?」

下から突き上げられて、ふわりと、身体が浮いた。

一瞬、何が起きたのかわからなかった。

だって千尋は、ほとんど輝良に体重を預けていたのだ。

人一人乗せて、こんなに易々と浮き上がるわけがない。

なのに。

輝良はもう一度、味わうようにゆっくりと腰を突き出し、「はぁっ……」とたまらない様子で息を吐いた。

「ぁあッ！　あっ、あっ　あー……！」

じっくりと繰り返されて、子宮口に亀頭がめり込み、指先までびりびりと痺れが走って身体を丸める。

「っあ……あっ……！　ぇあ、ぁ……」

まだ痛みがあるはずだ。

なのに、とうとう彼から求められたという事実だけで、肉体的な快感より何倍も尊い幸せで満たされていく。

——どうしよう……わたし……。

——ずっと、一人でいいって、思ってた、のに。

輝良に求められるだけで、不安も懸念も剝がれ落ちて、剝き出しの心が現れる。

彼が好きなんだ、と認めた途端涙が零れ、無限に湧き上がる高揚感が、僅かに残っていた痛みさえ掻き消した。

「あ、っ、ぁ、っ……あ……あき、らさ、っ……あっ……」

溢れはじめた愛が伝わっているかのように、少しずつ少しずつ、輝良の動きが速くなっていく。

背骨がうねり、つんと乳首を尖らせた胸が激しく揺れて——気付けば、嬌声が止まらなくなっていた。

「あっ、あっ……ぁあ……っ」

輝良の胸についていた手から力が抜けて倒れ込みそうになると、彼は上半身を起こし、そのまま千尋を仰向けに押し倒して貪りはじめる。

「あ、っあ……!? んぁ、あ、あー……っ……」

大きなストロークで、消えていた痛みが蘇った。

でも今はそれすら、輝良に——初恋の人に、初めてを捧げられた痛みだと思うと、幸せでたまらない。

何の加減もしてほしくなくて、両腕を輝良の背中に回してしがみく。

望み通り、輝良は夢中になって腰を振り、千尋の感触を求めてくれた。

「はっ、はっ、っ……はっ……っ、千尋さん、っ……千尋さんっ、千尋さん……っ……」

「〜〜っ……！」

耳元で何度も名前を呼ばれただけで、達していた。

動きやすい体位になったことで、輝良の受け取る刺激にも変化があるのか、お腹の中の彼がさらに膨張し、硬化していく。

躊躇いを捨てた動きに、千尋は何度も何度も絶頂し、悲鳴を上げた。

身体以上に、心が気持ち良くて、幸せで。

――こども、なんて……。

――想像、したことすら、なかったのに。なのに……。

理屈だけでは辿り着けない、さらなる幸せを確信して、震える脚が、自然と輝良の腰に絡みつく。

それから最後まで、言葉はなかった。

輝良が低く呻き、ぶるりと腰を震わせ、しばらく動きを止めた後――お腹の中で、彼が満足するのを感じ取る。

逞しい胸に掻き抱かれ、何度も何度もキスをされて、この世のものとは思えない幸せに満たされながら眠りに落ちた。

◇◇◇

本気を出して迫ってきた年上の彼女の魅力は、二十四歳にして童貞の輝良にとって、抗い難いものだった。

三日三晩飲まず食わずで砂漠を彷徨った末に辿り着いたオアシスで、水を飲むことを我慢できる人間などいないだろう。

それでもなんとか、爪の先で理性にしがみ付いて、千尋を止めようとしたのだけれど――。

――同じ状況で拒みきることができたら、そいつは不能か、一ヶ月飲まず食わずでも平気な、解脱した人間に違いない。

――いや、もう人間じゃない……！

脱がされて、押し倒され、上に乗られて、ずぶずぶと膣肉に包まれ、吸い上げられて――駄目だいけない、と叫ぶ自分の声を聞きながら、『気持ちいい』『動いて』『気持ち良くして』と喘ぐ千尋になけなしの理性を破壊されて、気付けば夢中で貪っていた。

熱くて狭くて、それでいて柔らかい粘膜に亀頭を舐めしゃぶられ、扱かれて、初めて知る女性の感触に、完全に我を失った。

身体の上で、愛する女性が――千尋が、可愛い声を上げている。

輝良が腰を上に突き出すたび、ぷるんと揺れる胸に釘付けになる。

そんな光景を前に、止まれるわけがない。

倒れ込みそうな千尋を支えるふりで押し倒し、思う存分腰を振って貪った。

甘い声を上げてしがみ付いてくる彼女が愛らしくてたまらない。

愛してるだとか、好きだとか、もっと気の利いたことを言えばいいものを、猿みたいに腰を振り、名前を呼ぶことしかできなくなっていた。

そして今――。

身体を繋げたまま気を失った愛する人を抱き締め、やっと一人前の男になった気分で、幸せを噛み締めていた。

――俺のコンプレックスだけじゃなくて……こんな、凶器みたいな身体まで受け入れてくれるなんて。

――千尋さんは、女神だ……。

長い髪に指を通し、頬を撫で、鼻先に、唇に、額に、思う存分キスをして、愛しい寝顔を眺める。

千尋にアプローチしながらも、彼女を傷つけたくない一心で、一生童貞を覚悟していた。

千尋を、大事にしたかった。

なのにまさか、愛する女性からせがまれて、抱ける日が来るなんて。

——あんなに積極的にしてくれるなんて。

——年上の女性って、すごい……。

——本当に、いろんな男性と経験してきたんだろうな。

——俺の下手な愛撫で、ずっと物足りないと思わせてたのかも……。

「……これから、もっともっと、千尋さんの身体を知って、頑張りますからね……」

額をあわせて囁くと、千尋の睫毛が小さく震えた。

カフェで男性スタッフが彼女に何事かを耳打ちする姿を見て、必死に嫉妬を押し殺したときからは想像もつかない心の余裕だ。

——あのスタッフや男性客が千尋さんと楽しげに話しているのを見た日は、気を失うまで愛撫をしても心が晴れなかったのに。

——こんなに満ち足りた気分になれるなんて……。

本当は、『流星くん』なんて下の名前で呼び合っているのだって気に食わないけれど、今ならそれも受け入れられる。千尋曰く、あれは大手チェーン店の工夫を取り入れたもので『アットホームな空間で、お客様に寛いでいただくための店内規則』らしいから、こんなに心の狭いことは絶対に言えないけれど。

「本当に、可愛い……。俺、もう、我慢できないです。お試しなんて……仮の彼女なんて嫌だ……」

いつまでも待つ、なんて言ったくせに、格好悪い本音が漏れてしまう。

強引にでも、正式な付き合いをしたいと迫っておくべきだったと、今日まで何度後悔しただろう。

「早く籍を入れて……俺のものにしたいです。もう、耐えられない……」

ぎゅうっと抱き締めて、ダサくても、もう一度告白をしてみようかと考える。

こんな身体を受け入れてくれたのだ。

即入籍は無理でも、正式な恋人の座は、許してくれるのではないだろうか。

そんな希望を抱いて、でも――。

自惚れていられたのは、そこまでだった。

なかなか鎮まらない性器をゆっくりと引き抜いた瞬間、時間が止まった。

目にした光景を理解するのに、しばらくかかった。

ゴムに、血が絡んでいる。

怖々とシーツに視線を落とすと、赤く染まり、愛液が混じった箇所は、薄く滲んでいて。

「……、なん、で……」

全身の血が、すうっとベッドの下へ落ちていく。

何かの誤解であることを期待して、恐る恐る、千尋の陰部を覗き込む。
けれど——。
二ヶ月の間、大事に大事に扱って、少しずつ広げてきたはずの、千尋の大切な場所は。
まだ凝固していない鮮血で塗れていた。
「っ……うそ……うそだ……っ……」
平気だと思ったのだ。
だって、今日もたくさん愛撫をして慣らした。
少し苦しそうだったけれど、痛いとは一度も言わなかった。
自ら加減できると言っていたし、千尋はたくさん感じて、喘いで——せがんでくれた。
震える指で、血塗れのゴムを外す。
そして、もう一度絶望に見舞われた。
「どうして……」
何度も出したつもりはない。
射精した自覚があるのは、最後の一度だけだ。
でも中に溜まっているのは、どう見ても、一回の量ではなかった。
千尋は、子供を望んでいない。
そもそも、正式に付き合うことすら、まだ心が決まっていない女性だ。

「っ……うっ……」

自分のおぞましさに吐き気が込み上げて、思わずベッドの下のゴミ箱を引き寄せて、派手に嘔吐《えず》いた。

世界で一番、誰よりも、傷つけてはいけない人だった。

なのに。

——俺……何回突いた？

——どれだけ強く？　乱暴に？

——それに……出した後も、動き続けてた……？

何も、覚えていない。

覚えていないくらい、何度も何度も、傷ついた場所を、繰り返し——。

千尋によって癒やされたはずのトラウマが、ひたひたと心を浸食して、あっという間に覆い尽くしてくる。

男としての自信を取り戻しつつあった輝良は——完全に取り乱した。

そもそも、彼女は本当に感じていただろうか。

興奮して、快感を追うのに夢中で、普段との違いになんて全く気付かなかったけれど。

よく思い出すと、いつもの喘ぎ声とは、少し違った気もする。

それにもし痛くても、彼女は『痛い』だとか、『やめて』とは言わない気がした。

だって輝良のトラウマを、コンプレックスを知っている。女性から、どんな言葉をかけられて傷ついてきたかを。

――でも、なんで……なんで、そこまでして？

――物足りなかったから？

――いや、違う、自分の幸せより、人の幸せが大切で、親友のために身を張る人だ。

――それなら……俺が、怖くて先に進められないって、気付いていたから……。

しばらくゴミ箱を抱えたまま動けなかった。

なんとか吐き気が治まったタイミングで、千尋の傷ついた陰部を拭った。

彼女を起こさないよう、細心の注意を払ってシーツを替え、常備している自社製品の、切り傷用の塗り薬を塗布して――傷つかないように大切に愛撫をしてきた日々を思い出すと再び吐き気が込み上げて、トイレに駆け込み、とうとう嘔吐した。

『うわ……』

『何それ……無理だって』

『ごめんだけど、そんなの入れたら、毎回出血して大惨事だし』

『ちょっと、気分が悪くなったので……今日は帰ります』

青褪めた子。

引き攣った笑いを浮かべた子。

泣き出した子。

別れの瞬間まで、一度も目を合わせてくれなかった子。

過去の逃げ出した女性は皆、正しかったのだ。

自分の身体は、女性にとって、凶器でしかない。

出すものがなくなるまで吐ききって、バスルームに向かって、また絶望した。

鏡に映った自分の身体を見ると――千尋が手を置いていた胸のあたりや、抱きついてきた背中に、爪を立てた跡が残っていたのだ。

今まで、何度指で絶頂させ、快感に泣かせても、こんなことはなかったのに。

やはり、ずっと痛みを耐えていたのだろう。

「っくそ、っくそ……!」

輝良はシャワーで冷水を浴び続けた。

吐くほど自分を嫌悪しておきながら、初体験の興奮から、勃起が治まらなかったのだ。

三月が近付いて暖かくなりはじめているとはいえ、水は凍るように冷たい。

それでも鎮まらない身体の忌ま忌ましさに、輝良は壁にガンガンと頭を打ち付けた。

――結局、俺は……自分を受け入れてくれそうな都合の良い女性に、勝手に運命を感じて、言い寄って、犯しただけで……。

――本当に愛してたら……どんなに迫られたって、あんなふうに、我を忘れることなんて……。

何よりも絶望的なのは、千尋の感触を知ってしまった今、また彼女に触れたら、今までのように我慢できる自信が皆無なことだ。

今までは、どんなに興奮しても、耐えられた。

彼女を満足させた後、バスルームやトイレで一人で抜くのがルーティーンになっていた。

己の身体に、〝そういうものだ〟と言い聞かせて、手懐けていた。

でもそんな誤魔化しはもう、効く気がしない。

今だって、後悔しながらも、膣肉が絡みつく感覚を思い出して、痛いほど勃起し続けている。

疼く腰を、宙に向かって何度も突き出したくなる。

ガチガチと歯が鳴りはじめてもなお冷水を浴び続け、やっと興奮が治まったタイミングで、恐る恐る寝室に戻った。

が、千尋の寝姿を見て、呼吸の音を聞いただけで、下半身がまた元気にむくむくと形を取り、理性が飛びそうになって——外に飛び出て、寒さに震えながら夜の街を徘徊した。

「またあんなことをしたら……いつ振られたっておかしくない……。っていうか、今日傷つけたことだって、許してくれるか……」

千尋は非処女だ。

かなり遊んできたと本人も何度か言っていたのに、あんなに傷つけてしまうなんて、もはや慣らすだとか、そんなことで乗り越えられる問題ではない。

――でも……絶対、千尋さんを諦めたくない。

――仮交際前は、浮気するくらいがちょうどいい、なんて言ったけど……今はもう、そんなこと、考えられない。

どうやら自分は嫉妬心が強いらしいと自覚させられたのは、あの、大学生のスタッフに出会ってからだ。

あんなに敵対心を剥き出しにしてくるなんて、千尋を狙っているのではないかと思う。

千尋の前では余裕のあるふりをしているけれど、内心、いつ横から攫われてしまうのではないかと気が気ではない。

客に慕われているのを見ても不安になるし、『お客様からいただいちゃった』と洋菓子店の紙袋を嬉しそうに抱えているときも、『は？　男か？　スイーツなら俺がいくらだって作ってあげるのに』なんて思って、ぐしゃぐしゃにして捨ててやりたくなる。

――運命の人だ、って、思いはしたけど。

――まさか、こんなに好きになるなんて……。

毎日のようにデートを重ねて、わかったことがある。

千尋は、でき、す、ぎ、た、パートナーだった。

どんなときも愚痴一つこぼさず、仕事でトラブルがあったらしいときですら前向きで、いつもスタッフや客のことを気にかけて、二号店を出す夢に向かって、全力投球している。

贅沢にも興味がなく、服も持ち物もシンプルで、お金を使うのは、仕事に関わる自己投資のみと決めているらしい。

父の会社は自分が継ぐのだろう、と漫然と将来を受け入れてきた輝良にとって、目標を抱いて頑張る千尋は眩しかった。

輝良は、常に千尋が隣で微笑んでいてくれたら、それだけで満たされる。

でも輝良が返せることといったら、何もないに等しかった。

千尋が熱心に研究を重ねているコーヒーやケーキの美味しい店を探したり、料理を振舞ったり、休日が重なったら望むところに連れて行ったり……たったそれっぽっちのことなのだ。

だから、夜はめいっぱい奉仕して、疲れた彼女を癒やすことだけが自分の価値だと思っていたのに。

——俺はこの先……どうすればいいんだ……。

——あんなに彼女の身体を傷つけて。

——謝罪しないといけないのに、顔を見たら、また……。

誰かに相談したくても、こんな下半身の悩み、言えるわけがない。

言ったところで、千尋のようにまともに聞いてくれる人なんて皆無だ。

一体、どのくらい歩いたのか。

気付けば、千尋のカフェの近くにある、よく一緒に散歩をする公園に辿り着いていた。

深い溜め息とともにブランコに腰を下ろし、ポケットからスマホを取り出す。

寒さに震える指で、藁にも縋る思いで連絡先をスクロールして——口の中に、苦い味が広がった。

男友達には、以前、思い切って打ち明けたことがある。

でも理解は得られなかった。

それどころか、

『え、何だよそれ、自慢?』

『女の子大喜びだろ～～』

『はぁ～、見た目も将来も完璧なのに、下半身まで揃ってんの?』

と笑われ、弄られて、さらにコンプレックスを深める結果に終わった。

母や妹たち、女友達に相談なんて論外だ。

血迷いまくって、匿名掲示板で悩みを打ち明けてみたこともある。

が、男友達に相談したとき以上に心ない言葉で揶揄われ、まともに取り合ってくれる人は一人もいなかった。

――駄目だ……やっぱり、相談できる人なんて……。

嫌な思い出に、気分が悪くなる。気のせいか、妙な悪寒までする。

虚ろな目でウェブブラウザを立ち上げて、初めて振られたときから、もう何度も何度も検索した
『男性器　大きさ　悩み』

なんてワードを片っ端から打ち込んで、参加者同士が知識や知恵を教えあう匿名掲示板に辿り着いた。

が、内容は想像通りで、参考になるものはなかった。

小さくて悩んでいる人は数いれど、大きくて悩んでいる人はほとんどいない。

どちらかというと女性が、

『彼のが大きくて、いつも苦痛です。優しい人なのに、こんなことで真剣に別れを考えてるなんて酷いですか?』

と相談しているケースが多く、寄せられた回答も、

『本当に優しかったら痛がってるのに無理強いしないでしょ。自分を大事にしたほうがいい』

『心と同じように身体にも相性がある。男はいっぱいいるからさっさと次にいこう』

と別れを推奨していて、絶望が深まるばかりだ。

惰性で適当なリンクをタップしていくと、身体の悩みに紐付いて、恋愛相談がずらずらと出てきた。

努力次第でどうとでもなることで悩んでいる人を羨ましく思いつつ、『俺ももう一回、掲示板で悩みを相談してみようか……』なんて弱々しい気分になってきたとき。

とある広告バナーが目に入って、慌ててスクロールしていた親指を逆方向に動かした。

キャッチコピーをじいっと見て、脳に稲妻が走る。

藁にも縋る思いでタップし、とあるウェブサイトのトップページを、目を皿にして読み込んだ。

冷え切って震えていた身体に、次第に、希望の熱が灯りはじめて――。

「…………これだ…………これだ!」

思わず立ち上がって、ガッツポーズを決めていた。

うろうろとブランコの周りを落ち着きなく歩き回り、もう一度ウェブサイトの隅々まで目を通し、興奮に顔を上気させる。

「そうだ、どうして思いつかなかったんだ……! 誰にも言えないなら、無関係で見ず知らずの、でも本気で親身になってくれる人に相談すればいいんじゃないか……!! これなら、性生活の悩みだって打ち明けられる……!」

幸い、夜の公園で、輝良の叫びを聞いた人はいなかった。

三度サイトを熟読し、申し込みフォームに名前を打ち込むときには、嫌な悪寒も消え、むしろ全身が妙に汗ばんで、指先はじんじんと熱を帯びていた。

4　恋は万里霧中 ～迷ってすれ違って、もっと好きになって～

「んん……、輝良……さん……？」

翌朝、千尋はカーテンの隙間から差し込む日差しに瞼を擽られて身じろいだ。

隣に手を伸ばすも、指はシーツの上を滑るばかりで、ゆっくりと瞼を開けると──輝良はいなかった。

ベッドの上にも下にも、輝良の服はない。

シーツには、昨夜の情事の形跡すら、一切なかった。

──シャワーでも浴びてるか……またリビングで、筋トレでも、してるのかな……。

「い、っ……」

のろのろ、と身体を起こすと、微かに腰に痛みが走って、動きを止めた。

脚の間に何か挟まっているような違和感に、思わず笑みが溢れる。

押し倒されて、夢中で求められたときの光景を思い出して、きゅっとお腹が熱く疼いた。

「うぅ〜〜っ……！」

喜びと気恥ずかしさでにやける顔を枕に埋め、じたばたと悶える。

——もう！　好き！　私は輝良さんが好き！

——早く、正式にお付き合いしたい、って伝えたい……！

——きっと輝良さん、昨夜以上に喜んでくれて……。

とはいえ、結婚に出産となったら、仕事の取り組み方をいろいろと考え直さなくてはならないし、一歩踏み出すのに勇気が必要なのは確かだ。

けれど昨日までとは違って、もう迷いはない。

輝良の理解とサポートがあれば、乗り越えていける気がする。

——セックス一つで、こんなに前向きな気持ちで、決断できるなんて……。

服を羽織り、奥歯を噛み締めてだらしない表情を引き締め、年上の余裕を醸して寝室を出て行ったのだが。

リビングキッチンは、がらんとしていた。

「……何か、買い出しに行ったのかな？」

——やっとエッチできたの、ケーキでお祝いしよう！　みたいな？

——今月は売上が良かった、って言っただけで、手作りケーキで祝ってくれるような人だし……。

時計を見ると、十時を過ぎている。近所のスーパーも開いているし、ありえそうなことだ。

けれど、喉の渇きを潤すべく、ぺたぺたとリビングを横切ってキッチンへ向かったとき、テーブルの上の書き置きに気付いた。

風邪を引いてしまいました。
接客業の千尋さんにうつすわけにはいかないので、ホテルに避難しています。
千尋さんは熱、出てませんよね……？
身体も、とても負担をかけてしまったと思います。
本当にごめんなさい。
これは差し上げますので、使ってください。

「……風邪……？」

『これは差し上げます』と書かれたすぐ横には、なぜか、かすり傷用の軟膏が置いてあった。もちろん神崎製薬のものだ。

隣には、薬局でよく見かける神崎製薬のマスコット、ペンギンの〝すこやか君〟のぬいぐるみがちょこんと座っている。

千尋に一言も声をかけず、朝になったら消えているなんて、初めてのことだ。

昨夜の出来事は、輝良にとっても特別なもののはずなのに。

なんとなく、嫌な予感がした。

それでもこのときはまだ、優しい彼の気遣いだろうと思ったのだけれど。

——もしかして、避けられてる？

とまで思い悩むようになったのは、翌日の仕事後のことだ。

看病のために輝良のマンションを訪ねたところ、エントランスのインターホンで、

『せっかく来ていただいたのにすみません。ちょっと、身体を冷やしすぎたのか、熱が上がり続けていて……』

と、追い返されてしまったのだ。

——身体を冷やす？？？

と不思議に思いつつ、

「でしたらお雑炊だけ作って、輝良さんには会わずに帰ります。料理もしんどいですよね？　食材、買ってきたので——」

と、めげずに食い下がってみたものの。

『何を食べても、すぐ戻しちゃう状態で……。お気持ちだけいただいておきます。元気になったら、また連絡しますから』

余所余所しく感じるのは、酷い鼻声のせいだ。

風邪だと偽って、避けられているわけじゃない。

それに、気遣いだって、今までの輝良と変わらない。

千尋が風邪を引いて店に立てなくなったら、スタッフに負担がかかって、最悪、店を閉める日も出てくるだろう。輝良もカフェ万里の内情はよく知っている。

なのに会えない日が続くと、どうしても、不安ばかりが増していった。

——私、何かしちゃったっけ……？

——喜んでくれると思い込んで、強引にエッチしちゃったけど……もしかして、本当は嫌がってた？

——それとも……一回してみたら、冷めたとか？

——男性って、事後は急に冷静になるとか聞くし……、……。

お試し交際で、何の約束もしていない、何の責任もない関係だ。

このまま距離を置かれても、千尋にどうこう言う権利はない。もし輝良が、他の女性と見合いをしはじめていたって。

この歳で感動的な初体験をしてしまった分、感傷的になっているだけだ。

告白しようと意気込んでいたからこそ、不安を感じているだけ。

彼を信じて待ち、次に会ったときにこそ気持ちを伝えようと、前向きに過ごした。

実際、半月後にはデートの約束をすることができた。

――やっと、気持ちと決意を伝えられる。

そう信じて、めいっぱいお洒落をして、待ち合わせ場所に向かったのだけれど――。


「春の新作、全部一つずつお願いします。あ、あとマドレーヌとフィナンシェの詰め合わせも一箱」

土曜の午後。

輝良とともにデパートの地下を訪れた千尋は、有名洋菓子店の紙袋を両手に、エレベーター脇で待つ輝良の元へ向かった。

「買えました！　一番目当ての有名店の新作……！」

「こっちも、リストに書いてあったの、全部買えましたよ」

「わあ……！　ありがとうございます」

輝良は両手に持った洋菓子店の紙袋を見せながら、千尋を優しく見下ろしてくる。

やっぱり彼は、何も変わらなかった。

ただ、風邪に相当苦しめられたらしく顔が僅かに痩せていたが、今は食欲も戻っているそうだ。

――雰囲気悪かったらどうしよう、って不安だったけど。

――やっぱり初体験直後だったから、重く捉えちゃっただけで……。

――この後はうちにお招きして、手料理振る舞って、ちゃんと告白して！

――それから……それから……！

齢二十八にして、女子高生も顔負けのお花畑な想像をして、つい顔がにやけてしまう。

「人気店は並ぶから、手分けできてよかったです。新商品の研究に付き合わせちゃってすみません。それに病み上がりで……大丈夫ですか？　私、家に行ったのに……」

「今の時期はイチゴを使った王道のスイーツが多くて、俺も気になってましたし。それに……静かな場所で二人きりのデートだと、いろいろと、危ないので……」

「え？　危ない？　何がですか？」

「いっ、いえ、何でも……！　そろそろ行きましょうか。荷物、俺が持ちますよ――あれ？　同じ店の、二つ買ったんですか？」

彼は千尋の手から紙袋を取ると、不思議そうに首を傾げる。

「あ、そうなんです。実は今日、出勤日だったんですけど。久々に輝良さんと会えそうって言ったら、流星くんがシフト、少し早めに入って変わってくれて。そのお礼に」

「……、……そう、だったんですか」

いつもの輝良なら、『仕事、大丈夫なんですか？　俺が合わせたのに』と言いそうなものだ。

なのに彼は――流星の名前を聞くなり紙袋から目を逸らし、素っ気なく「行きましょうか」と言って、上りエスカレーターの方へ歩き出した。

「あ……」

慌てて後ろからエスカレーターに乗って見上げたが、こちらを振り向くこともなく、じっと上の階を見つめている。

――え……？　な、なんで？　怒らせちゃった……？

――もしかして、押し付けがましく聞こえたとか？

――元々待ち合わせ時間には間に合ったし、いったん帰って、気合いいれてデート向きの服に着替えたかっただけなんだけど……。

たったこれだけのことで不安になるのは、恋を認めて、未知の未来に踏み出そうとしているせいだ。

そう思おうとしたのに、並んで歩きはじめると、不自然に距離を置かれた。

ケーキの入った紙袋をいくつも持っているから、それが当たらないように、という配慮だとは思う。

でも千尋が少し近付くと、その分輝良も離れていく。

気のせいかと思ってまた少し近付くと、さらに離れていって。

――いやいや……気のせい、気のせい。

――待ち合わせして、ここに来るまでは普通だったし？

もし本当に千尋を避けているのなら、そもそもデートをする必要がない。

今回『ちょっとでも顔が見たいから』と誘ってくれたのだって、輝良の方なのだ。

――っていうか！

――目の前に本人がいるのに、うだうだと悩むなんて、私らしくもない……！

「っ……あの！　輝良さん。この後のことなんですけど、今晩はうちで――」

荷物に身体がぶつかるのも構わず、思い切って、ぎゅっと腕に抱きついた瞬間。

「うっ、うわぁああぁッ……!?」

彼は、ゾンビでも振り払うように飛びすさり、太い柱に思い切り衝突した。

「…………」

「…………」

一メートルほど離れた距離で、見つめあう。

間違いない。

気のせいではない。

完全に、あからさまに、これ以上なく、避けられている。

けれどなぜか、輝良もまた青褪めて、怯え顔で立ち尽くしていた。

しばらく沈黙が続き――二人の間を、大きな豚のぬいぐるみを抱えた少女と、それを追いかける母親が「こら～っ、走らないの！」と駆け抜けていく。

「………、輝良、さん……？」

「あ……いやっ……！　ええ、これは、その、……ほ、ほら……！　に、二週間振りで、いろいろ、刺激が強すぎるといいますか……！」

「……？　刺激……？」

「そ、そうです！　つ、つまり、まだ病み上がりですし！　ウイルスって結構飛ぶし、症状が治まったあとも、しばらくは感染力があったりしますし……！」

「…………」

彼は紙袋をごちゃごちゃとさせながら、なぜか両手を腰の前に移動させ、腹痛を耐えるように背中を丸めた。

本気で風邪の感染を心配しているとは思えない。だってそれなら、マスクをすればいいはずだ。

──なんで……。

──なんで……？

──やっぱりもう、冷めてる？　この二週間で……何かあった？

じわっと、自分らしくなく、涙が滲んだ。

「あの……でも……今晩は、うちで食事にしませんか？　夕食の食材、準備してあるんです。風邪で体力も落ちてるだろうから、牡蠣とか山芋とかにんにくとか……精の付くものをたっぷり入れて、お鍋にしようかと」

「……!?　そ、そんな……そんなもの、食べたら……」

輝良はぶるりと身体を震わせた。

股間を押さえたまま、柱に沿ってカニ歩きで一歩離れる。

さらには、やけに改まった──いや、改まりすぎて、一周回って他人行儀な様子で言った。

「あの、千尋さんのご自宅にお招きいただけることも、手料理も、とても光栄なのですが……実はこの後、食事の約束がありまして」

「え……？」

──休日に？

──誰と？

──もしかして……別の女性と、お見合いだったり……？

「すみません、せっかく準備してくださったのに。先にお伝えしておけばよかったです。今日は元々予定があったんですが、少しでも千尋さんの顔を見たかったから……。とにかく、行きましょう。タクシーでお送りします」

「………」

間に一言も挟ませまい、という強い意志を感じる早口だった。

実際、輝良は返事を待たず、千尋を置いて、ぎくしゃくとデパートの外へ歩き出す。

また避けられるのが怖くて、もう触れるどころか、近付くことすらできなかった。

外に出ると、すでに日は落ちていた。

通り雨があったらしく、アスファルトが黒く濡れている。

「カフェで降ろしてください。ケーキ、家の冷蔵庫に入りきらないので」

本当は、輝良さんと一緒に食べるつもりでたくさん買ったから──とは言えなかった。

タクシーに乗り込んでも、会話はなかった。

ただ、寂しい距離だけがあった。

後部座席に並んで座っているのに、まるでバリアでも張るように、間に荷物を置かれている。

誰と会うんですか？

次のデートはありますか？

この間のセックス、もしかして後悔してますか？

本当は……私で女性経験を積めたら、それでよかったんですか？

どれも聞きたいのに、どれも答えを聞くのが怖い。

どうしよう、どうしようと思いつつ窓の外を眺めるふりをしていると——輝良が顔を寄せてきた。

ああ良かった、やっぱり嫌われてるわけじゃない、と思ったのに。

「あの……念のためですけど……生理、ちゃんと来ましたか？　大丈夫ですよね？」

「え……？」

耳打ちをされて、見つめ返す。

暗い車内でもわかる。

輝良の顔は真剣だ。

しばらく、言われた意味を考えた。

——ちゃんとって？

いい、い、

——大丈夫、って、何？

——子供ができたら、困るってこと？

こんなにショックを受けることだろうか。

元々子供を望んでいなかったのは、千尋だったのに。

「もちろんですよ」

遠くで、別の誰かが答えたような違和感があった。

でも、正しい答えだったらしい。

輝良はほっと胸を撫で下ろし、

「良かった……。万が一があったらどうしようって、ずっと不安だったので……」

と、シートに背中を預けた。それから――。

「来週末、仕事の後でお店にお伺いしてもいいですか？　その頃には風邪で溜まった仕事も片付いて、落ち着いてお話しできると思いますし。その……改めてお伝えしたい、大事なことがあるので」

輝良がカフェに迎えにきてデートをする流れが当たり前になっていたから、わざわざ確認を取られるのは初めてだった。

断る理由はない。

怖々と、一体何の話なのかと聞くと、

「俺の我儘で、とても言いにくいお願いなので。もしかしたら幻滅させてしまうかもしれませんし、きちんと言葉を選んで伝えたいから……少し、準備のための時間をください」

と、深刻な様子で誤魔化された。

気付けば、カフェの前についていた。

ほんの数時間前、『やっと輝良さんに会える！』とスキップする勢いで出て行ったのが嘘のように、重たい気持ちだ。

カフェに荷物を置いたら家まで送ると言われたけれど、「仕事をしてから帰るので」と言って荷物を掻き集め、店に駆け込んだ。

「あ、千尋さん！　今日はお休みですか？　お洒落してるの珍しい！　可愛い〜！」

閉店時間で店内はがらんとしており、最後に会計を済ませていた女性の常連客が話しかけてきた。

「あ……いつもありがとうございます。そうなんです、今日はちょっとお休みをいただいて」

反射的に笑顔で答えている自分が、気持ち悪い。

大量の紙袋をカウンターに置くと、客にレシートを渡した流星が心配そうに顔を覗き込んでくる。

「またきまーす」と笑顔で出て行く客の向こうに、まだ、輝良の乗ったタクシーが止まっているのが見えた。

運転手に、この後の行き先を——誰かとの待ち合わせ場所を、伝えているのかもしれない。

この店は千尋の、大切な場所だ。

店を訪れた人が笑顔だったら、それで全てが満たされていた。

なのに——。

「千尋さん、デートだったんじゃ……？　荷物だけ置いて戻る感じですか？」

流星が、店の外のタクシーを見ながら問いかけてくる。

「……ううん。今日はもう……解散みたい」

千尋らしからぬ歯切れの悪い返答に、常々輝良を低く評価していた流星は、思うところがあったらしい。

「もしかして……何か、酷いことでも言われました？　俺、今からでも殴ってきてやりますよ」

「違うよ、そういうんじゃ——」

険しい顔つきで腰に手をあてた流星を見て、はっとした。

いつも誰かの救世主であろうとしてきたのに、いつの間にか、自分が心配される側になっている。

——……、っていうか。

——やっぱりこんなの……私らしくなくない？

——わけがわからないまま、相手に未来を任せて、うじうじしてるなんて。

——もし、こんなふうに知り合いが困ってたら？

——きっと、『確かめなきゃだめだよ！』ってけしかけて。それで……。

「……流星くん、バイクで来てる？　確かヘルメット、もう一つ乗せてたよね？」

「え？　ええ、まあ」

「お願い！　ちょっと乗せていって！」

「えっ……いいですけど、どこに行くんですか」

「輝良さんが、この後誰と会うか確かめたいの！」

流星が、はっと外を見た。

止まっていたタクシーがゆっくり走り出したのを見て、すぐにバックヤードに駆け込む。

「タクシーがどっち行ったか確認して！　店の前で待っててください。この時間だと渋滞に巻き込まれるはずだから、間に合うかも」

言われた通り道に出ると、ちょうど、Uターンしたタクシーが目の前を通り過ぎるところだった。幸い、すぐ先の信号は赤色だ。

店の鍵を締めると、ビル裏の駐車場から流星の乗ったバイクが現れた。

車の向かった方向を指さし、投げ渡されたヘルメットを被って後ろに跨がる。

「向こう、まっすぐ走ってった……！　まだ信号で止まってるかも……！」

「了解です。ちゃんと掴まっててくださいね」

流星にしがみ付くと同時に、肩が風を切った。

彼の読み通り、渋滞で連なる車の中に、タクシーが見つかった。

きっと仕事か、友達と会うに違いない。

自分一筋だと言ってくれたし、今日は忙しい中、時間を取ってくれたんだ。

そう願い続けたのに。

タクシーが停まったのは、年末に一緒に泊まったホテルのロータリーだった。

エントランス前でタクシーから出てきた輝良を見て——見間違いだと思いたくて、バイクを降りてヘルメットを外す。

でも、輝良であることを確信しただけだった。

エンジンを切った流星がヘルメットをホルダーに引っかけ、ホテルへ入っていく輝良の背中を睨みながら「行きましょう」と呟く。

「え……？」

「ここまで来たんだから、誰と会うのか、ちゃんと確かめないと！　女だったら、俺がぶん殴ってやる……！」

「そんな……あっ……！」

流星が手を摑んで、走り出した。

足がもつれて転びそうになる。

見たくない。

知りたくない。

これ以上の確認が必要とは思えない。

そう思いながらも流星の手を振り払わなかったのは、まだ心のどこかで輝良を信じていて、そんなわけがないと思えたからかもしれない。

「！　お客様！　お待ちください、あちらにバイクをお停めになるのは──」

「すぐ出すんで！」

慌てて制止してくるドアマンに流星が叫び返し、ホテルに飛び込んで──でもすぐに足を止めるものだから、千尋は彼の背中に思い切りぶつかってしまった。

「っ、り、流星くん……？」

流星を見上げて、それから彼が睨み付けた先、エントランスの奥へ視線を移動させる。

輝良が──ロビーに座る若い女性に手を振り、近付いていく。

女性は見知った様子で手を振り返し、優雅に立ち上がった。

輝良が嬉しそうに耳打ちをすると、彼女は飛び跳ねるように喜んだ。

千尋とは、真逆のタイプだ。

艶やかなメイクに、ロングワンピース。スカートの裾が揺れる様まで計算し尽くされているような、フェミニンな装い。

二人は並んで歩き、エレベーターホールへ遠ざかっていく。

「……あいつ……っ」

流星が低く唸り、輝良の方へ走り出そうとした。

「だめっ……！」

思わず腕に抱きつくと、ずるっと両足が絨毯の上を滑る。

全身の体重をかけなければ、そのまま流星の力で引きずられていたかもしれない。

「っ……！　なんで止めるんですか！」

「流星くん、しーっ！　声落として……！」

「千尋さんとデートした後ホテルに直行して、他の女抱く奴ですよ⁉」

輝良に気付かれないよう、千尋はエレベーターホールに背を向けて、必死に首を横に振った。

「とにかく、いいの……」

邪魔をしていいわけがない。

お互いいつでも、他の相手に乗り換えていい。

それが、輝良との関係だ。

そして千尋はことあるごとに、『チャンスがあれば、いつでも他の方とお見合いしてくださいね』と言ってきた。

さらには仮交際の提案に甘えて、二ヶ月も待たせた。

千尋が、結婚が本当に自分の幸せなのか迷ったように、輝良には、輝良の幸せを追う権利がある。

深呼吸をして振り向くと、ちょうど二人の乗り込んだエレベーターが閉まって、客室のある上階へ向かって動き出すところだった。

腕を放すと、流星は「くそっ」と悪態をつく。

「流星くん……ごめんね、こんなことに付き合わせちゃって」

「馬鹿げてる！　なんで知らないふりするんですか！　土下座くらいさせるべきですよ！」

千尋は、また静かに首を横に振った。

自分でも驚くほど冷静でいられるのは、流星が千尋の分も感情を露わにしているおかげかもしれない。

「来週末、話があるって言われたから。すごく言いにくいことみたいだったし、ちゃんと……別れ話、してくれるんだと思う。今日のデートも……私がしつこく体調心配しちゃったから、無理に時間を作ってくれたのかも」

「そんな謙虚な奴じゃないですよ！　どうせ調子良く甘いこと言って、コーヒー豆だとかケーキだとか、やっすいプレゼントでキープするつもりです！　俺来週シフト入ってるし、もしふざけた態度取ったら、今度こそ殴ってやりますから！」

「殴るなんて、絶対だめ。そんなことしたら……警察呼ぶからね」

きつく戒めると、流星は「でも……！」と唇を噛む。

入り口で立ち止まり、物騒な会話をしていたせいだろう。

「何かお困りですか？」

とアテンダントに声をかけられ、慌てて頭を下げて外に出た。

流星は納得がいかないらしく、カフェに戻ってから退勤するまで、酷く不機嫌なままだった。

そうやって――千尋の初恋は、あっという間に終わった。

大きな仕事のミスはなくなった。

でも世界の何もかもが、自分とは無関係で、遠退いて見えた。

望んでいた人生のはずなのに、妹を失った頃にまで、逆戻りしたみたいだった。

あのとき立ち直らせてくれたのは、妹の夢だ。

それを目指す気持ちが、世界に彩りを取り戻してくれた。

なのに仕事に打ち込めば打ち込むほど、現実が遠退いていく。

来週、輝良から直接話を聞けば。

関係が清算されれば、今まで通りの人生が戻るはず。

そう念じて、淡々と仕事に打ち込んだのだけれど――。

『パートナーの方がそこまでしてくださったんですか⁉　確かに出血はお可哀想ですけれど、それで神崎様に対するお気持ちが変わるなんてありえません！　もっと自信をお持ちになって、適切なアプローチをかけましょう！　ご成婚まで、私が全力でサポートいたしますッ！』

◇◇◇

千尋に跨がられて我を失い、冷水を浴び、外を徘徊した末に四十度の高熱が出て寝込んだ直後。

藁にも縋る思いで申し込んだ、セレブ向けの超高額な恋愛カウンセラーからの激励に、輝良は目を輝かせて聞き入った。

場所は、ホテルの客室だ。

カウンセリングは立ち居振る舞いやファッションにまで及ぶため、電話での相談は受けていないらしく、

『基本的にはホテルのラウンジをご指定される方が多いですね』

と言われたが、人の耳目《じもく》のある場で、自分の下半身や、ましてや大切な千尋との性行為について赤裸々に相談するなんて考えられなかった。

多くの著名人を顧客に持つらしいカウンセラーの彼女——瀬名葵《せなあおい》は、こういった密室での相談に慣れているのだろう。

客室のソファーに座って輝良から聞き取ったメモを読み返しつつ、緊張する素振りもなく、すらりとした脚を組み替えた。

『そうですわねぇ……こんな変わった出会い方は私も初めて担当いたしますし、神崎様のご不安な気持ちも当然です。女性は一度気持ちが冷めると取り返しがつきませんから、慎重にいきましょう。現状、一番の問題は、性交後の藤原様のお気持ちがわかっていないことですわね』

——否定も、笑われもせず、真剣に悩みを聞いてもらえるだけで、こんなにも心が楽になるなんて……。

——風邪を引いて気弱になって、こんなの役に立たないんじゃ、なんて少し後悔してたけど。

——やっぱり、依頼してよかった……！

カウンセリングの申し込み前、サイトを舐めるように確認したところ、明らかに富裕層をターゲットにした相談料の下には、

〝タレントや有名実業家、大企業の経営者からも感謝の声が！〟

なんて見出しとともに、いくつかの感想レビューが掲載されていた。

胡散臭い。

その一言に尽きる。

が、恋に落ちて盲目となった輝良のような人間にとっては、救いの光だった。

『会っただけで勃っ……い、いえ、思いが有り余ってしまいそうでしたら、一度、人の多い場所で短いデートをしましょうか。とにもかくにも、今の藤原様の温度感を確かめて、プロポーズの作戦を練りましょう！』

これが、うん十万円支払って得たアドバイスである。

恋に溺れて正気を失っていなければ、『詐欺か……？』と思っていただろう。

が、自らの身体に振り回され、ごく普通のコミュニケーションの手順すら見失っていた輝良にとっては、やはり救世主に見えた。

それに葵は常に笑顔で、一瞬首を捻りたくなるアドバイスでも、

『まあ、そうかな……？』

なんて、不思議と納得させせられてしまう力がある。

おそらく、お為ごかしやお世辞が一切なく、全て本心から言っていると伝わってくるからだろう。

何より、目の前の人を笑顔にしたい！　という仕事への情熱は千尋を彷彿とするところがあって、輝良はそれだけで信頼してしまった。

ちなみに、身体のコンプレックスや、出血させてしまったことについて、助言は特になかった。

『ま……まあ、個性ですからね！　一人一人顔や身長が違うのと同じです！　すぐに下半身が元気になってしまうのは、お若くて健康な証拠ですし！　一度は受け入れてくださったんですから、それについては、二度目の行為を断られたときに考えましょう！』

なんてさらっと流されて、そのときばかりはさすがに、

――千尋さんがどう思うかというより、傷つけたくなくて悩んでるんだけどなぁ……。

と思わなくもなかったが。

とにかく、他に手立てもない。

輝良は素直に、アドバイス通り、千尋とデートをした。

そして、千尋はやっぱり、できすぎた恋人だった。

あんな酷いセックスをしたにもかかわらず、いつもと変わらない笑顔を見せてくれたのだ。

感動でいっぱいになりながら、待ち合わせ場所のホテルのロビーに駆け付け、客室への移動も待ちきれずに、

『プロポーズもいけるかもしれません!!』

と報告すると、葵も飛び跳ねる勢いで喜んでくれた。

が、彼女はやはりプロだ。

客室に入るときりりと表情を引き締め、すぐに次の提案をしてくれた。

『とはいえ、今のお試し交際を神崎様から提案した以上、それを取りやめて結婚というのは、信頼を損なう可能性もありますから……どう伝えるかが重要ですね。緊張して言葉選びを間違えないように、手紙でプロポーズをするのはいかがでしょう？　文章にすると誠実な印象がグッと深まりますし、形が残るものは喜ばれると思います！　照れくさい言葉も伝えやすいですしね！』

便箋や封筒やペンのインクの色までアドバイスを受け、輝良はキツツキみたいに何度も頷いて、帰宅後、すぐに下書きに取りかかった。

そうやって——葵のポジティブパワーを受けて、何もかも上手くいく錯覚に陥った。

風邪で溜まった仕事のせいで残業続きの中、毎晩手紙を推敲し、スーツのコーディネートを悩みに悩んだ。

そしてとうとう。

約束の週末を迎えて、仕事帰りに予約した花束を受け取り、緊張しつつも浮かれた気持ちでカフェへ向かった。

小雨が降る夜の中、電球色の優しい光が灯る小さな店は、都会のオアシスのように見える。

カウンセラーからの励ましを受け続けた輝良は、

――千尋さんも、俺のプロポーズを待ち望んでいるはず！

という、謎の自信に溢れた状態にまで仕上がっていた。

肩に落ちた雨を払って、クローズの札がかかったカフェのドアを、カランと鳴らす。

でも――。

気怠い様子で振り向いたのは、いつも輝良に睨みをきかせてくる男子大学生、流星だった。

閉店後の清掃をしていたのだろう、片手にモップを持っている。

千尋の花咲く笑顔を期待していた輝良は一瞬落胆したが、気を取り直して、花束を胸に抱く。

「こんばんは。あの……千尋さんはいらっしゃいますか？」

流星の目が、花束に止まる。

浮かれた輝良は、モップを握った彼の手がわなわなと震えていることに気付かなかった。

「あの？　今日、約束をしているんですが、千尋さんは……」

きょろきょろと見渡したが、気配はない。

そういえば月末の閉店後は、キッチン兼バックヤードで月締めの事務作業をしていて待たされることが多かったな、と思い出す。

「……なんだよ、その花」

流星が、低く唸った。

花を見下ろすと、甘い香りが鼻先を掠めて頰が緩む。

大きな花束の中には、一週間、練りに練ったラブレターを隠してある。

「これは、千尋さんに……。あ、すみません。掃除の邪魔ですよね。店の外にいるので、俺が待ってると伝えて――」

「あんた、どういう神経してんだよ！」

「っ……!?」

モップを壁に立てかけて近付いてきた流星に首元を摑まれて、花束を落としそうになる。

「盛った犬みたいに毎晩毎晩弄んで、都合よくキープして……どれだけ千尋さんを傷つけたら気が済むんだ！」

「え……いや、あの、……」

彼の目に宿る怒りは本物だ。

でも一体、何を言われているのかわからない。

言い返したくても、驚きばかりで、口がぱくぱくと動いただけだ。

その時、流星の怒声を聞きつけたらしい千尋が、ばたばたとバックヤードから駆け出てきた。

「！　千尋さん……！」

ぱっと胸が華やいで、でも一週間振りに会った千尋は、輝良を見て喜ぶどころか——なぜか、怯えたように顔を歪ませた。

しかも彼女は、理不尽に摑みかかられた輝良ではなく流星に駆け寄り、泣きそうな顔で彼の腕に抱きついて、ぐいぐいと引っ張る。

「流星くん、何してるの……！　離してあげて！　二人で話すから、何も口は出さないでって言ったでしょ⁉」

「くそっ……」

千尋に抱きつかれた流星は、輝良を突き飛ばしながら襟元を離した。

「わ、っ……！」

後ろによろめき、ぶつかった椅子が派手に倒れる。

「ちょっと！　暴力は駄目って、」

「千尋さんは黙っててください！　俺は許せないっ……」

流星の叫びに、びくっと千尋の肩が揺れた。

「千尋さん、すみません。彼、何か勘違いしているみたいで……」

これ以上千尋を怯えさせたくなくて、穏やかな笑顔を心がける。

椅子を戻すと、流星が千尋を守るように、一歩前に歩み出た。

後になって思えば、この時点でおかしいと気付けたはずなのだ。

千尋が流星に守られるがままだったのも。

僅かに痩せて、血色が悪いのも。

いつもとは、全く違うことだったのだから。

でもカウンセラーになみなみと自信を与えられ、プロポーズを前に緊張した輝良は、千尋の笑顔を確信して、抱いた花束を差し出してしまった。

「あの、これ……千尋さんに」

千尋は花束を見ると、真っ白な顔を強張らせた。

――……あれ？

――急に気障なことして、引かれちゃったかな？

――確かに俺も、プレゼントに花束を勧められたときは、格好つけすぎじゃないかって思ったし……。

「えっと、赤い薔薇の花束にしようって思ってたんですけど。お店で見たら、こっちの方が、素朴で可憐で、優しい色で、千尋さんみたいだなって……お店に飾っても、似合いそうですし」

警戒を解くべく微笑みかけるほど、彼女の顔はますます硬くなっていく。

さらには流星が、親密な様子で千尋の耳元に何かを囁いた。

それで――やっと、空気がおかしいことに気付いた。

でも、原因がわからない。

先週デートしたときは、確かにいつも通りだったのに。

「……あのさ。あんたが千尋さんをほっぽっといた間、俺が指咥えて見てただけだと思ってんの？」

輝良を追い詰めるように、流星がさらに一歩踏み出してくる。

千尋が驚きの表情で、彼を見上げた。

「……流星くん……？」

「弱みに付け込むみたいで抵抗あったけど、この半月ちょっと、あんたとなかなか会えなくて不安がってたの、俺が慰めてあげました」

「え……？」

ぽつりと漏れた声は、自分の耳にも届かないほど、小さく掠れていた。

――……慰める？

――慰めるって……。

優勢を確信したのだろうか、ずっと睨みをきかせてきた流星が、余裕の表情で微笑む。

「千尋さん健気だから、あんたのことは絶対悪く言いませんでしたよ。でも……愛情たっぷりに抱いてあげたら、やっと本音を打ち明けてくれました。俺の方がいい、って」

花束が滑り落ちて、ばさりと、足元で乾いた音がした。

きっと否定してくれると信じて、恐る恐る、視線を千尋に移す。

けれど、一週間振りの再会を喜んでくれるはずの千尋は、今にも倒れそうなほど青褪めたまま、固まっていて。

──抱かれた……？

──こいつに、幸せにしてもらった？

──それで、俺と……俺の身体と、比べて、……。

何を言えるだろう。

捨てないでください？

もっと頑張るので？

一体何を？

愛しいと思うほど、気持ちを身体で伝えようとするほど、傷つけるのに？

──多分こいつは……俺より小さくて。

──経験がなくて、全部手探りだった俺とは違って。女性の扱いにも慣れていて。

──傷つけずに、ちゃんと、満足させてあげられて……。

『浮気だってしちゃうかも……！』

そう言った千尋に、『そのくらいの方が、いいのかもしれません』と賛同したのは輝良だ。

息を吸って、何か言おうとした。

でも千尋が流星の肩に手を置いて、

「流星くん。もういいよ……ありがとう」

と言う方が早かった。

その仕草も、彼に向ける悲しげな笑みも。

身も心も許しあった恋人の仕草のように——輝良の目には、映った。

◇◇◇

ほんの数分前。

約束した週末を迎えて、千尋はますます落ち込んでいた。

今日で全ての決着がついて、このモヤモヤした気持ちも吹っ切れる。

今まで通り、仕事に専念できる。

一目惚れされて迫られて、恋愛に免疫がないから、つい気持ちがふらついてしまっただけだ。

そもそも、彼の悩み相談に乗ったのが発端なわけで。

コンプレックスを克服し、相応しい女性と付き合えたのなら、祝福すべきだ。

そう思うのに、どんなに美味しそうなケーキを見ても食欲が湧かず、眠れなかった。

最低限の笑顔とサービスは維持できているものの、客への細かな気配りも行き届かず、日々後悔や自己嫌悪ばかりだ。

そんな千尋を見て流星はますます腹を立て、今日も、

「俺は絶っっっ対、先に帰りませんよ！　シフト通り、最後までいます！　もちろん、殴ったり騒いだりはしません。一日、アイツの顔を見るだけ。でももし別れ話じゃなくて、少しでも下心が見えたら、黙ってませんから」

と殺気立っているけれど、輝良はそんな不誠実な人ではないと知っている。

だから、まさか裏で他の女性を抱きながら、のうのうと関係を続けるつもりでいるなんて、考えもしなかった。

「あんた、どういう神経してんだよ！」

バックヤードで売上明細をまとめていると、突然流星の怒声が聞こえて——慌てて表に出た。

「盛った犬みたいに毎晩毎晩弄んで、都合よくキープして……どれだけ千尋さんを傷つけたら気が済むんだ！」

「流星くん、何してるの……！　離してあげて！　二人で話すから、何も口は出さないで

って言ったでしょ⁉」

「くそっ……」

流星を引っ張って引き離すと、彼は輝良を突き飛ばすようにして手を離した。よろめいた輝良がぶつかって、派手に椅子が倒れる。

「ちょっと！　暴力は駄目って、」

「千尋さんは黙っててください！　俺は許せないっ……」

本気の怒りに、思わずたじろぐ。

けれど本当に恐怖を感じたのは、その後の輝良の行動だった。

「千尋さん、すみません。彼、何か勘違いしているみたいで……」

彼はそう言って椅子を直すと、悪びれもせず――花束を差し出してきたのだ。

「あの、これ……千尋さんに」

鮮やかなラナンキュラスやチューリップの向こうで、輝良がふにゃりと笑う。

彼の笑顔が、初めて、軽薄に見えた。

こんな人だっただろうか。

こんな人を、自分は、好きになったのだろうか。

この状況が全ての答えだと思うのに、心が追いつかない。

「赤い薔薇の花束にしようって思ってたんですけど。お店で見たら、こっちの方が、素朴で可憐で、優しい色で、千尋さんみたいだなって」

彼の笑顔が、言葉が、遠退いていく。

――どういう、つもり……？

――別れ話じゃないの……？

――なんで……他の女の人を抱きながら、平気で、こんなこと言えるの？

言葉が出ずにいると、流星が耳元に顔を寄せてきて、

「千尋さん、もうわかったでしょ。俺に任せて」

と囁き、輝良に向き直った。

「……あのさ。あんたが千尋さんをほっぽっといた間、俺が指咥えて見てただけだと思ってんの？」

「……流星くん……？」

「弱みに付け込むみたいで抵抗あったけど、この半月ちょっと、あんたとなかなか会えなくて不安がってたの、俺が慰めてあげました」

「え……？」

自分と輝良と、どちらが発した声だっただろう。

二人同時に、流星を見つめる。

「千尋さん健気だから、あんたのことは絶対悪く言いませんでしたよ。でも……愛情たっ

ぷりに抱いてあげたら、やっと本音を打ち明けてくれました。俺の方がいい、って」

声こそ落ち着いていたものの、流星の拳は怒りで震えていた。

彼の嘘を責めることはできない。

巻き込んだのは千尋だ。

いい歳をして若い男で頭の中がお花畑になって、大事な店のことまで、おろそかになっていた。

責任は、自分で負うべきだ。

「流星くん。もういいよ……ありがとう」

彼の肩に手を置くと、「でも」と泣きそうな顔で千尋を振り向く。

「輝良さん、ごめんなさい。私も……お伝えしたかったことがあって」

自分ではない、誰かが喋っている感覚があった。

俯いた顔に、輝良の視線を感じる。

本当は彼の幸せを祝福し、素敵な時間をくれたことに感謝を伝えて、綺麗に終わらせたかったのに。

これ以上輝良に幻滅したくなくて、一時も早くこの状況から逃れたくて、精一杯だった。

「やっぱり、お付き合いを続けるのは難しいので……今日で、最後にさせてください」

これでいい。

早く忘れよう。

そう思うのに、動悸がどんどん酷くなって、冷たい汗が滲み出す。目眩がする。

千尋も、流星も、輝良も、しばらく何も言わなかった。

ほんの数秒かもしれないし、あるいは、何分も経った気がした。

輝良は、千尋と流星を交互に見ると、視線を落として――恥じ入るような微笑を浮かべた。

もう軽薄な感じはしなかった。

似たような表情を見たことがある。

確か車の中で悩みを打ち明けられて、『いいんですよ、笑ってください』と言ったときだ。

「……すみません、俺、……」

彼は、何か言おうとしたようだった。

でも、全て言い訳にしかならないと、諦めたのかもしれない。

「……今まで、ありがとうございました。俺の分も……幸せになってください」

彼は、逃げるように店を出た。

それで、全てが終わった。

カラン、と鳴ったドアベルの余韻が過ぎ去ると、流星が居心地悪そうに舌打ちする。

「……嘘ついたこと、俺は後悔してませんから。あのくらいやり返してやる方が、ちょうどいいんです。千尋さんも、同情する必要なんてないですからね。ああいう奴は、どうせまたすぐ別の女引っかけて、尻尾振ってますよ」

膝からがくりと頽れそうになって、カウンターに手をつく。

他に選択肢なんてなかった。

どんなに惹かれたって、弄ばれるのはごめんだ。

なのにこの一週間の鬱々とした気分をまとめて飲み込むより、酷い気分に襲われている。

床に落ちた花束に気付いた流星が、雑に拾い上げる。

「これ、裏に捨てておきます。目に入るだけで、アイツ思い出して気分悪いし」

「え……、……」

花は花でしょう、捨てるなんて、と止めたかったけれど、流星はすぐさまバックヤードへ消えていく。

途中、花束の中から何かがひらりと落ちて、拾い上げた。

洋封筒だ。

息継ぎを求めるような気持ちで封を切る。

恐る恐る中身を取り出すと、シンプルな便箋に、輝良の達筆が並んでいた。

千尋さんへ
どうしても上手く伝えられそうにないので、今の正直な気持ちを、手紙にしてみました。

はじめに、改めて謝罪させてください。

あの日の夜、理性を失って、千尋さんの身体を傷つけてしまったこと。本当にごめんなさい。

でも、正直に言うと……もう二度とあんな傷つけ方はしたくないと思いながら、千尋さんが欲しくてたまらない自分がいます。

お試し交際でいい、千尋さんの気持ちが固まるまで待つ、と言ったことも、ずっと後悔していました。

もし、夜の生活で辛い思いをさせてしまうなら我慢します。

その分他のことで幸せにしてあげられるように、精一杯努力します。

もちろん、欲求不満になったら他に男を作っていいです。

悲しいですけど……ときどき、抱き締めさせてくれたら充分です。

こんなふうに書くと、余裕のある男みたいですよね。

でも逆です。

年下だから、頼りにならないと思われたくなくて、格好をつけていただけで……。

俺は本当は、怖いんです。千尋さんに振られてしまうことが。

千尋さんに出会った日、あなたの優しさと勇気と、なりふり構わず、全力で生きている姿に心打たれました。

大袈裟だと思われるかもしれませんが、本当に運命を感じたんです。

でも今は、運命かどうかなんて、どうでもいい。

そんな言葉に頼って、待っていたくありません。

はじめの約束を破りたくなくて、ずっと勇気が出なかったけど……。

俺も、千尋さんのように、全力で生きてみます。

愛しています。

一生、俺のそばにいてください。


手紙を置いて、ドアの外を見た。

輝良は――どうやって帰っただろう。

バックヤードに駆け込んでバッグを取り、コートを羽織る。

「ごめん流星くん、お店閉めておいて。明日は休みだからゴミ出し忘れないで」

「ええ、もちろん……って、どこに行くんですか!?」

「あとはお願い！」
そう叫んで店を出た。
見渡したが、輝良の姿は見えない。
タクシーが走り去る気配はなかったはずだ。
まだ近くにいると信じて、地下鉄の駅の方へ向かって走り出す。
小降りだった雨は、刻一刻と激しさを増していく。
顔にかかる雨を防ぐように額に手をあて、帰宅する人々で行き交う表通りに出る。
「輝良さん！　どこですか！　輝良さん!!」
彼に電話をかけながら、全身で名前を呼んだ。
駅前を探し回ったが、どこにも見当たらない。
今や雨は土砂降りだ。
でも、身体は熱くなっていく。
だって今は、心から叫んでいる。
付き合いをやめたいなんて嘘だった。
本当は好きだった。別れたくなんてなかった。
輝良の手紙を読んで、やっと気付いた。
彼が遊び人だろうが、彼の本心がどうであろうが、どうせ終わるなら、気持ちを全て伝えるべきだったと。

『あの女性は誰？　やっぱり他の人に取られちゃうなんて嫌！』と怒ってでも、責めてでも、泣いてでも、輝良の話を聞くべきだった。

――妹のことから立ち直れたのは、この仕事が妹の夢だったからでも、人助けを信条としはじめたからでもなかったんだ。

――目標が、心からのものだったから。

――自分の心に嘘をつかずに、全力で生きはじめたから。

――だから……。

「輝良さん！　返事して……！」

駅の入り口を通り過ぎ、足は自然と、いつもデートをしていた公園へと向かっていた。

メインの通りをしばらく走って角を曲がると、暗い中に、公園の入り口が見えた。

ふらふらと歩く、馴染みのある後ろ姿を見つけて足を止める。

「っ……！　輝良さんっ……！」

二車線の、横断歩道すらない狭い道の向こう側で。

幽霊のような黒い影が立ち止まり、ゆっくりと振り返る。

雨で霞んでいても、彼が泣いているとわかって――再び駆け出した。

大好きです。

結婚も出産も、輝良さんとなら、初めてしたいと思えたの。

だから――。

大きな雨音に掻き消されて、千尋は、エンジン音に気付かなかった。

ただ輝良が、何かを叫んだことだけはわかって、彼の視線の先を――道を振り向いた。

急ブレーキの音。

ヘッドライトに照らされた雨が、光を散らす。

次の瞬間、横から突き飛ばされて、路面に倒れた。

轢かれたのかと思ったけれど、違う。

だって、肩のあたりを押された。

痛みを覚悟して起き上がろうとすると、雨の打ち付ける路面に――黒い影が横たわっているのが見えた。

「あ……輝良、さん……?」

手を伸ばしているはずだ。

身体のどこにも痛みはない。

なのにショックで息が吸えず、ろくに声が出ない。

車のドアが開き、運転手が駆け寄ってくる気配がある。

「大丈夫ですか！　警察と救急車――」

耳鳴りがする。
視界が、意識が、遠退いていく。
倒れた輝良の向こう側に、幼い日の自分が見えた。

夢を見た。
妹が事故に遭った日と同じ、よく晴れた秋の日だ。
二人で一緒に小学校から帰る途中、公園の草むらに屈み込んで、花を摘んでいた。
久しぶりに会えて、すごく、すごく嬉しい。
いつまでも一緒にいたかったけれど、伝えるべきことがあると思い出して立ち上がる。
なんだか、自分の身体だけ大きくなっていて違和感だ。
——万里……私、好きな人が、できたんだ。
夢の中なのに、胸を引き裂かれるような痛みが走った。
小さな彼女は、まだ屈み込んで花を摘んでいる。
置き去りにする切なさに、目の奥が熱くなる。
——まだ万里には、恋なんて……わからないよね。

――でもお姉ちゃん、その人に出会ってね……一緒に生きていきたい、って思ったの。

――もちろん、お店をやめるわけじゃないけど……でも……。

俯くと、花を持った万里が立ち上がった。

彼女はいつの間にか、同じくらいの背丈になっている。

光に包まれて、顔はよく見えない。

けれど、すごく綺麗な大人の女性に成長しているとわかった。

――いつも、私だけはずっと一緒だよ、って言ってきたのに。

――ごめんね……。

彼女は、昔と変わらない屈託さで微笑んだ。

それから、千尋の新しい人生を祝福するように花を差し出してくれる。

こんな妹だから、大好きだった。

ずっとずっと、そばにいたかった。

受け取った花に顔を寄せて、涙を隠す。

優しい香りを吸い込んで、再び顔を上げると、公園は野原になっていた。

万里は、大好きだった黄色の花ばかり選んで摘んで、少しずつ離れていく。

遠くの光が昇って、空が、草原が、白く照らされた。

思い出が、光に美しく溶けていく。

眩しさに瞼が震えて、濡れた熱が、目尻から耳の方へこぼれ落ちて——目を開けた。

白い天井に、ダウンライトが埋め込まれている。

けれど部屋全体が明るいのは照明のためではなく、夢の名残のような、春の陽光で照らされているからだ。

布団の重みと、乾いた感触。

受け取った花を見下ろすと——見覚えのある手を握っていた。

視線でその手を辿って、隣に首を傾ける。

椅子に座っている男が、身を乗り出して——。

「……！　千尋さん！　よかった……！」

目尻いっぱいに涙を溜めた輝良が近付いてきて、ぎゅうっと肩を抱かれた。

「っ……、あ……」

「よかった……よかった、っ……俺、手が届かなくて。咄嗟に突き飛ばしたせいで……ずっと目を覚まさなかったら、どうしようかと……」

輝良の肩越しに視線を彷徨わせると、ホテルらしき豪奢な内装が見える。

身体を起こした輝良のスーツは皺だらけだ。

カフェで見たときと、全く同じ格好をしている。

「輝良さん……、怪我は……」

「ええ、この通り。俺は平気です。軽い打ち身と、かすり傷程度で」

輝良はガーゼの貼られた手を見せ、恥ずかしそうにはにかんだ。

「千尋さんも全身検査してもらいましたから、安心してください。どこも異常はないって」

「検査……？　でも、ここって……」

「病院ですよ。昨夜あの後、車を運転していた方が警察と救急車を呼んでくれて……偶然、うちと提携している病院に搬送されて、個室を取り計らってくださったんです」

もう一度見渡すと、隣には応接用らしきソファーまである。

重厚な調度品や内装からして、やっぱり、どこからどう見てもホテルだ。

「朝一で、母から千尋さんのご両親に連絡してもらったので、そろそろ病院に着く頃だと思うんですが……」

きっと事故だと聞いた両親にも、妹のことを思い出させてしまったに違いない。

そう思うと胸が痛んだけれど、今は、それより——。

泣き出しそうな輝良が心配で手を伸ばすと、握って引き寄せられる。

それで初めて、自分の左手の側面にもガーゼが貼られていることに気がついた。

「俺……また千尋さんを傷つけました。二度と傷つけない、って誓うつもりだったのに……」

「また……？」

染みこんできた輝良の手の熱が、彼の命が、まだ少し夢見心地な千尋を、少しずつ現実に引き戻してくれる。

それで、手紙の内容を思い出した。

多分、彼が言っているのは……。

「あの、それは、」

そうだ、誤解を解かなくちゃと思うのに、頭がぼうっとして、すぐに言葉が出てこない。

「俺は満足させてあげることが、できないから……千尋さんの答えはわかってます。でも俺は、やっぱり――」

今まで散々傷ついてきた輝良に、これ以上負担を負わせたくなくて。

千尋は、身体を起こして抱きついた。

こうして、しっかりと彼の身体に触れるのは、三週間振りだ。

どうして別れなんて伝えられたのか不思議なくらい、深い場所から愛しさが込み上げて、やっぱり言葉に詰まってしまう。

「っ……千尋さん？　ちょ、ちょっと、っ……」

「私……輝良さんが、女性とホテルで会っているところを見たんです」

「え……？」

輝良は、全く心当たりがないようだ。

もしとぼけているのだとしても、その女性とどういう関係だろうが、どうでもよかった。

「そのとき、流星くんも一緒で。彼、すごく怒って……。だから私と流星くんは、何もないです」

「え……えっ⁉」

背中に絡めた腕を離して見つめ返す。

輝良はかなり困惑した様子だったが、千尋が発した次の言葉で、完全にフリーズした。

「それから、もう一つ誤解があります。その……出血は……初めてだったので……と、当然と、いいますか……！」

最後まで、彼の目を見つめていられなかった。

俯いて熱くなった顔の、額のあたりに、穴が空きそうなくらいの視線を感じる。

しばらく待ったが、輝良は何も言わない。

身じろぎもしない。

だから、情けない告白を続けるしかなかった。

「それに私、言ったじゃないですか。気持ちいい、って、何度も……！　ほ、ほんとに、幸せだったんですよ……！」

輝良はまだ固まったままだ。

全力で生きなかったら、後悔する。

そう学んだばかりではあるけれど、あまりにも恥ずかしすぎた。

大体、何もかも終わった後に『処女でした』と言われたって、男からしたら、『する前に言えよ』という話だ。

かといって、誤解を解かないわけにもいかない。

「……黙っててごめんなさい。でも輝良さん、ただでさえコンプレックスで慎重になってたし……初めてだなんて言ったら、ますます萎縮させちゃう気がして」

無反応が怖くなってきて、恐る恐る見上げると。

潤んだ瞳とばちんと視線があって、思い切り抱き締められた。

「っ……」

「……なんで、なんでそんなことまで、無茶したんですか……！　俺にもっと、大事にさせてください……っ」

涙交じりの声に、胸が締め付けられる。

でもまだ、一番大事なことを言えていない。

ずっと待たせてしまったから、自分から伝えたい。

なのに、輝良が切り出す方が早かった。

「俺ほんと、馬鹿ですね。こんなに想われてたのに。また身体が原因で振られるかも、なんて思って、恋愛カウンセリングなんか受けて……」

「え……？」

聞き慣れないワードに瞬くと、輝良はそっと身体を離して、照れたように顔を背けた。

「多分千尋さんが見た女性は、カウンセラーさんだと思います。でも俺……それだけ、本気なんです。千尋さんに振り向いてもらえるなら、どんなにみっともないことでも……なんだってします」

「あ……」

指を搦め捕られると、輝良の手に貼られたガーゼが指先に触れる。

そのまま引き寄せられて、手の甲に口付けられた。

「千尋さん。俺と、結婚してください。もちろん子供のことは、考えなくて――っ……」

もちろんです、なんて偉そうに答えたくなかった。

だから今度は、千尋から輝良を引き寄せて――唇にキスをした。

目を丸くしている輝良に微笑んで、二度と間違わないために、プロポーズと同じくらい勇気の必要なことを言葉に乗せる。

「結婚したら……私ばっかりじゃなくて、もっと一緒に、えっちして……輝良さんの子供、欲しい、です……」

「っ……!?」

「この間したとき……本当に幸せで。心から……ううん。全身で、輝良さんの赤ちゃんが

欲しいって思ったんです」

輝良の顔がみるみるうちに真っ赤になって——彼は慌てて絡めた指を解き、腰の前を両手で押さえた。

「……輝良さん？　どうしたんですか？　腹痛……？」

「っ……いえ、いやっ……ちょっと、あの、あああ……」

腹部を守るように背中を丸め、椅子の上で姿勢をずらした姿を見て、ふと思い出す。

先週のデートでも、似た動作で千尋から飛び退いたことを。

——もしかして……。

——あのときも、股間が……まさか、そういう……、……。

「ご、ごめんなさいっ。あの、そんな、困らせるつもりは……！」

「いえ、俺が変なんです。好きすぎて、おかしいんです。もうこれ、病気です……」

心底参っている様子なのに、可愛い、大好き、と思ってしまうのは許してほしい。

——私は、もっと思い切り、気持ちをぶつけてほしいのにな。

そう伝えたくなったけれど、さすがに今はやめておいた方がよさそうだ。

それにこの先、伝える機会はいくらでもある。

そして次は、きっと全力で応えてくれる。

「はぁ……振られたときのことを思い出したら、落ち着いてきました。あ、わ、そうだ！

千尋さんの目が覚めたら、看護師さんを呼ぶように言われてたの、忘れてました……！」

面映ゆい空気の中、輝良がナースコールを押そうとした瞬間――がたん、と部屋の隅から音がして、はっと同時に振り返った。

いつからだろう。

応接スペースの向こうにある病室のドアが、半開きになっている。

その向こうから、何やら囁きあい、小突きあう気配が窺えた。

「やだ、お姉ちゃん押さないで……！」

「だって小声で聞こえないんだもん！　ねえ、さっきキスした？　してたよね？　プロポーズっぽい感じ？」

「してたと思うけど……角度的にお兄ちゃんの後頭部しか見えない……！」

「こら、紗也香、希美、みっともないでしょう。すみません藤原さん、うちの娘が……」

「いえいえ、こちらこそ、ご子息に何もなくて、安心しましたわ」

こそこそと囁きあっているようだが、丸聞こえだ。

こちらの声が、本当に聞こえていなかったのか、不安なほど。

輝良が、「んんっ」と大きく咳払いをして、

「紗也香、希美、聞こえてるぞ」

と声を張ると、二人の妹が、気まずい笑顔で姿を現した。

「あー……ち、千尋さん！　お久しぶりです～……！」

「お、お見舞いに来たんですけど、良い雰囲気だったから、お邪魔かなぁ～って……！」

「ね？」と顔を見合わせる妹二人の後に続いて、今度は千尋の両親と輝良の母が、ぞろぞろと現れる。

「お、お父さん、お母さん！　い、いつから……！」

「い、今来たばかりだよ」

「別に……何も見てないわ。ましてやキスなんて……ねえ？　とにかく、無事でよかったわ！」

輝良が慌てて千尋の両親に駆け寄り頭を下げると、その隙に、輝良の母と妹二人が、さささっと千尋のベッドまで寄ってきた。

「ごめんなさいね。いいところでお邪魔しちゃって。しかも、お見舞い品を用意する暇もなくて、手ぶらで……」

「いえ、そんな。こちらこそ、私の不注意で輝良さんにお怪我を負わせてしまって、申し訳ありません」

「いいのいいの、うちの子、頑丈なんだから！　それより……ふふっ、上手くいってるみたいでよかったわ。すぐに出て行くから、二人の時間を楽しんで！」

「えっ……」

輝良との仲を応援してもらえるのはこの上なくありがたいけれど、病院のベッドに座っている人間にかける言葉ではない気がする。

上手い返事が出ずにあたふたしていると、輝良の妹二人が、

「千尋さん、もしお店に立つの大変だったら、私、いつでもお手伝いに行きますから！ ちょうど大学も春休みだし」

「お姉ちゃんいいな〜。私は受験勉強の気晴らしに、またお茶しに行きます！ お大事になさってください」

と励ましてくれた。

「さ、私たちお邪魔虫は、さっさと退散しましょう。千尋さん、お大事にね」

母親は、千尋の両親と話す輝良にひらりと手を一振りすると、娘二人を連れて、早々にドアの方へ向かった。

そして千尋の両親も、どうやら事前に医師から、体調に問題はないと聞いていたらしく――。

「いやあ、ずっと独り身なんじゃないかと心配していたけど、結婚が決まってよかったな。元気な顔も見られたし、パパとママは帰るよ」

「えっ……!?」

確かに、プロポーズはされた。

でも、数分と経たないうちに父親から祝福を受けるなんて、動揺せずにはいられない。

「たまには実家にも顔を出しなさいね！」

母もはしゃいだ様子で、胸の前でひらひらと手を振る。

それからドアのあたりで待っていた輝良の家族と合流し、母親同士が、

「この近くに良いお店があるので、良かったら一緒にランチでも」

「まあ素敵！　いいわねぇ」

なんて言いながら、ぞろぞろと出て行った。

まるで台風一過だ。

ドアが閉まると、騒がしかった部屋が、途端にしんと静まり返る。

彼らを見送った輝良は、ゆっくり千尋を振り向くと、引き攣った笑いを浮かべた。

「……ど……どうしましょう……。俺……嬉しくて、つい勢い余って……ご両親に、『今度改めて、ご挨拶にお伺いさせてください』って……。は、早まりすぎですよね!?　普通はパートナーに相談してから言うべきで……！」

千尋は目を丸くして――声を上げて笑った。

輝良は、不安そうな顔で立ち尽くしている。

「何を言ってるんですか、もうプロポーズしてくれたじゃないですか」

あんまりにも愛しくて、飛び込んでおいで、と伝えるように大きく両手を広げた。

破顔した輝良が、駆け寄ってくる。

受け止めたつもりが、逆に大きな身体にすっぽりと収められて、ぎゅうぎゅうに抱き締められてしまった。

5　スパダリ夫の絶倫溺愛がすごすぎて、今夜も眠らせてもらえません！

籍を入れ、カフェ万里から徒歩数分の低層マンションに引っ越したのは、翌月の四月のことだ。

何もかもが、あらかじめ決まっていたかのようにスムーズだった。

というのも、交際が仮のものだとは知らなかったお互いの親は、前々から『まあ、結婚するでしょう』と決めてかかっていたらしい。

輝良と二人で挨拶に向かうと、千尋の父と母からは、

「なんだ？　婚姻届は？　サインはまだいいのか？　え、今日は挨拶だけ？　まだるっこしいなぁ」

「別々に挨拶なんてせずに、輝良さんのご家族も一緒に、お食事でもしたかったわねぇ～」

なんて言われ、さらには輝良の母親にも、

「初めて千尋さんとお会いしたときから、なんだかんだ、こんな日がくる気がしておりましたから！　夫のお墓にも、もう報告済みよ！」

と言われて、二人して舌を巻いてしまった。

そして、流星は――。

千尋が事故に遭いかけたと知ると、「全部俺のせいです」と思い詰め、アルバイトを辞めようとした。

強く説得して引き留めたのは、心から心配してくれたからこその行動だとわかっていたし、そもそも全て、千尋の自業自得だからだ。

「事故は私の不注意なんだから、自分を責めて、これを原因に辞めるなんて言わないで。流星くんを気に入ってくれてるお客様も大勢いるし、ワンオペで安心して任せられるの、流星くんしかいないし、今度新人の子に教えるって約束してくれたでしょ？」

とあらゆる理由を並べると、彼はなんとか思い留まってくれた。

輝良に関してだけは最後まで懐疑的で千尋を心配し続けていたが、それも入籍したことで、ようやく信じてくれたらしく――。

「本当に申し訳ありませんでした……！」

新婚生活を始めて約一ヶ月が経ち、カフェの繁忙期であるゴールデンウィークを過ぎた、とある休日。

新居へ謝罪に訪れた流星は、玄関先で長い間、輝良に頭を下げ続けていた。

それから、はっと思い出したように、手にした紙袋を差し出す。

「あの、心ばかりではございますが、お納めいただければ……」

袋には、下町に本店を構える、有名な老舗和菓子屋のロゴが印刷されている。中身はおそらく、看板商品の黒糖どら焼きとカステラの詰め合わせだろう。

連休前、流星から、

『誤解だったとしても、神崎さんには良くない態度を取ってしまったので、ちゃんとケジメをつけたいです。謝罪にお伺いさせてください』

と頼まれた千尋は、二人の間を取り持ち、謝罪に相応しく、かつ輝良の好きな和菓子店を伝えたのだけれど。

まさか、スーツまで着てくるとは思わなかった。

軽くお茶でもして、仲直りできれば……とふんわり考えていたのに、なんだか千尋まで緊張してしまう。

「千尋さんから聞いてると思いますけど……本当に、怒ってませんから。俺だって、三ツ矢さんの立場だったら、追い払っていたと思います」

輝良が弱ったように頭を掻くと、流星は決まりが悪そうに顔を上げる。

流星の態度の変わりように輝良も困惑しているのだろうと思いつつ、二人の様子をはらはらと見守っていたのだけれど。

「今後も、うちの妻を助けてやってください。とても頼りにしていると聞いてますので」

「っ……！」

突然肩を抱き寄せられて、千尋は動揺した。

輝良は二人きりのときこそべたべたに甘やかしてくるが、人前で、しかも見せつけるようにスキンシップを取ることは、これまで一切なかったのだ。

――それに、『うちの妻』なんて初めて言われたんだけど……!?

――な、何？　どうしたの？

――輝良さんも、なんか、いつもと……。

顔が熱くなってくる。

流星を見ると、彼は紙袋を手にしたまま、気まずそうに目を逸らした。

輝良はその反応を見て満足したのか、ようやく流星の手から紙袋を受け取る。

「手土産、ありがたくいただきます」

「い、いえ……」

輝良から手を差し出す形で握手を交わすと、流星は「では、お暇いたします」と逃げるようにエレベーターの方へ消えてしまった。

お茶の用意をしてあったのに残念だなと思ったが、輝良は違ったらしい。

ドアを閉めて玄関に上がるなり、

「はぁあぁあ……」

と全身で息を吐き、紙袋を床に置いて、千尋にもたれかかってきた。

「わ、っ……」

よろめいて、背中が廊下の壁にぶつかる。

厚い胸板にむぎゅ、と包み込まれて、抱き締め返すか迷った両手が、おろおろと宙を彷徨った。

「あ、輝良さん？　あの……？」

「もっと余裕のある振る舞いをするつもりだったのに……駄目ですね。どうしても……独占欲が……」

「え……？」

輝良らしからぬ言葉を不思議に思って顔を上げる。

彼は壁に両手をついて身体を起こすと、こつんと額を合わせてきた。

「俺、自分がこんなに嫉妬深い人間だなんて、知りませんでした。友人から『嫉妬して辛い』なんて話を聞いても、心が狭いな、なんて思ってたくらいだったのに」

初めて打ち明けてくれた弱音にきゅんとして、つい頰が緩んでしまう。

「流星くんは、姉みたいに慕ってくれているだけで。全くそういうんじゃないですよ」

「俺だってそれは、わかってますけど……」

「それに私は、嬉しかったです。そりゃあ、人前であいうのは、ちょっと……恥ずかしいですけど。『うちの妻』って言われて、ドキッとしちゃいました」

「え……」

元々半同棲状態だったし、まだ結婚式も挙げていないから、結婚の実感は薄いけれど。籍を入れてから、大きく変わったことがある。

それは――。

「千尋さん、俺、そんな可愛いこと言われたら……」

輝良は、喉仏を大きく上下させ、ごくん、と生唾を飲んだ。

なんとなく予感がして見下ろすと、輝良の腰が――スラックスが、突っ張っている。

そう。

輝良は、恥じなくなった。

自分の身体を卑下したり、隠すような言動が一切なくなった。

千尋はこの変化が、ちょっと恥ずかしくて、でもとっても嬉しくて。

「っわ、千尋さん……っ？」

両腕で輝良の腰を引き寄せ、より彼の身体を感じようとすると、刺激を受けた輝良が息を詰める。

「だ、駄目ですよ。まだ昼間ですから……」

耳元で囁かれた抵抗は、けれど官能的に掠れていて。

耐えようとする素振りもなく、硬いそれをぐりぐりと擦り付けられて、ぞくぞくっと両脚が期待で震えた。

完全に心を許した今、千尋の身体もさらに素直になっていて、なかなか後戻りできなくなってしまう。

「もう……私だって、限界です。昨夜も……後ろから入れたまま、ずっと、動いてくれなかったじゃないですか……」

処女ゆえの出血だったとわかったにもかかわらず、輝良は結婚後も、セックスに慎重な態度を崩さなかった。

それどころか、

『三週間も間が空いちゃいましたから』

と言って、また一から、今まで以上にじっくりと身体を解し、千尋ばかり喜ばせてきたのだ。

喘ぎながら頼みに頼んで、やっと挿入の練習をしてくれるようになったものの、入れるときは、

『千尋さんの顔を見ながらしたら、理性が飛んで、練習どころじゃなくなってしまいそうなので』

と言って必ず背後からだし、ろくに出し入れもしてくれない。

それでも大人しく従っていたのは、輝良の心の準備を待たずに童貞を奪ってしまった負い目があったからだ。

そしてそのおかげで、今ではすんなり輝良を受け入れられるようにもなっている。

「動いてあげたじゃないですか」

輝良が耳たぶを食み、首筋にキスを落としながら、くすくすと笑う。

「っ……あんなの、ゆっくり、すぎて……切なくて……うごいた、うちに、はいらな、っ……ぁ、っ……！」

腰を抱き寄せられ、スカート越しにぐにゅりと輝良が食い込んできて、全身がびくついた。

確かに、動いてくれはする。

けれど、一度腰を前後させるのに何十秒もかけられると、ますます感度が上がって、疼きが増す一方なのだ。

「それに……約束、しました。流星くんとの蟠《わだかま》りが解けたら……今日は、最後まで抱いてくれるって」

もちろん本格的な子作りは、結婚式を終え、千尋が休んでも店が回るように準備を整えた後にしようと二人で決めている。

ちなみに結婚式は、初デートの夜に泊まったクリスタルメドウで挙げる予定だ。

あまり派手なイベントは気が進まなかったけれど、いずれ神崎製薬を継ぐであろう輝良の立場を考えると、避けては通れなかった。ましてや、父親の墓前で『立派な式を開いて、親父も連れて行くから』と誓ってきたと聞いてしまっては。

「そうですね。でもそれは、夜に、って約束です。今すぐなんて……余裕たっぷりに、抱いてあげられないです。また、前みたいに……」

身体を擦り付けてその気にさせておきながら、ごにょごにょと言い訳をされて、焦れったさに、さらにせがむ。

「前みたいにしてほしくても、ダメなんですか？　もう全然痛くないし、輝良さんのせいで……えっち、大好きになっちゃったのに……。こ、このままだと、ほんとに……浮気、しちゃいますよ……っ？」

下からむっと睨むと、輝良の眦が鋭くなった。

「……浮気？」

低く掠れた声には、愛撫中の睦言に似た雰囲気が漂っていて、お腹の奥がまた疼く。

と同時に、瞳の奥に、見慣れない暗い影が揺らめいたのが見えて、息を呑む。

「あ……輝良さん？」

「……悲しいな……。俺がどれだけ我慢して、千尋さんを大事にしてるか、プロポーズしたとき、伝わったと思ってたのに……」

「え……わ！　わあっ⁉」

突然ひょいっと身体を持ち上げられて両脚が浮き、スリッパが床に落ちる。

そのまま寝室まで担がれて、キングサイズのベッドに押し倒された。

「ま、まっ、まって、カーテン、ちゃんと閉め、っ……！　ん……！　んむ、っ……！」

もう何も聞く気はないとばかりに口付けられる。

お互い朝にシャワーを浴びたばかりだし、誘ったのは千尋で、全く異論はない。むしろ嬉しい。

でもさすがに、レースカーテンを閉めただけの、白昼の陽光が差し込む明るい部屋で事に及ぶのは躊躇われた。

キスに応えつつ押し返してみたが、もちろん彼はびくともしなかった。

舌を、唇を吸われ、その間にも、器用にブラウスのボタンや、ブラジャーのホックが外されていく。

キスで身体が蕩けてきて、抵抗していた両手が、ぽすんとシーツの上に落ちた。

いつからこんなにキスが上手くなったのか。はたまた自分が輝良に染められて、彼のキスに感じるようになってしまったのかわからない。

――はじめから……だった、気もするけど……。

――ああもう、輝良さんのキス、気持ち良くて、むらむらして……。

――ぜんぶ、どうでも、よくなってくる……。

やっと唇が離れた頃には息が上がって、全身が火照ってふにゃふにゃになっていた。

自分のシャツのボタンを外す輝良をぽーっと見上げると、欲望に取り憑かれた目に貫かれて、またぐんと体温が上がる。

息が荒くなるほど興奮しながらも、どこか冷たい眼差しをする彼の姿は、いつか見た覚えがあった。

――確か……えっと……。

――私が上に乗って……輝良さんが、やっと、動いてくれたとき……？

――たしか、あのときも……ちょっと、怒ってる、みたいな感じで……。

獣のごとく、ガツガツと本能のままに貪られたことを思い出す。

「あっ……！」

シャツを脱ぎ捨てた輝良が、今度は千尋のスカートとショーツを下ろして床に投げた。

「こんな昼間から煽って、浮気だとか言い出すなら……もう俺、我慢も遠慮もしません。千尋さんの望み通り、自分に正直になって……本気で、全部伝えますね？」

「え……？　ぁ、あっ、ぁあぁ……！」

硬くなった左右の乳首を、ぎゅうっと摘まれる。

毎晩輝良のやり方で調教され尽くした身体は、乳首を軽く指で弾かれただけで、早くも愛液を分泌させた。

あっという間に本能に乗っ取られ、腰が何度も浮き上がってしまうのが、上に跨がった輝良に伝わって恥ずかしい。

――正直に、って……なに……？　どういうこと……？

――なにか、うそ、ついてたの……？

千尋は、輝良ほど正直な人を見たことがない。

だから全く、ピンとこなかった。

「俺はね、未だに信じられないんですよ。千尋さんが処女で、誰とも付き合ったことがないなんて。ずっと性に奔放な女性だと信じていたし……」

輝良は胸から手を離すと、今度は膣口に軽く指を差し込んで愛液をまとわせ、陰核を撫でてきた。

「っあ……！　ぁんっ！」

「ほら……初めてのときも、こういう慣れた反応してましたよね？　年上なのに、すぐにお漏らししたみたいにびしょびしょに濡らして。シーツ、何枚買い足しましたっけ？」

「っや……やぁ、あ……！　っあ……！　あー……！」

敏感な芯をしつこくしつこく捏ねながら生々しい指摘をされて、身体がふるりと震える。

「っなんで、っ……そんな、はずかしい、こと、っ……」

「千尋さんがエッチなのは事実じゃないですか。それに……見つめられるのにも弱いけど、恥ずかしいこと言ったときも感じてますよね？」

「っ……!?　な、っな……あ……！」

穏やかな口調なのに、言葉にも愛撫にも、容赦がなかった。

どうやら千尋の思った以上に、『浮気』は許し難いワードだったらしい。

今まではイかせるときだけ刺激を強めてきたのに、千尋の大好きなところを、容赦なく攻め立ててくる。

「だから、やっぱり前に男がいて、そういう攻め方されてたんじゃないかとか……。ああでも、乳首とココ……前は小さかったのに、少し大きくなっちゃいましたね。誰にも育てられてなかった証拠かな？」

皮を剝き、陰核を摘まむように扱かれて、羞恥に顔が熱くなる。

「っあ、ぁ、っ……輝良、さんが、っ……まいばん、い、いっぱい、ずっと、いじるから、あっ……」

「そうですね。俺が、こんなふうにしちゃったから……責任取って、もっと可愛がって……俺一筋にして、浮気なんてできない身体にしておかないと」

「っあ……！」

陰核を捏ねていた指が、するりと膣に入り込んできた。

待ち望んだ摩擦を喜んで、ぞくぞくっと血が震える。

輝良の太さと長さに完全に慣らされた身体には全く足りないはずなのに、お腹側の一点をぐりぐりと虐められただけで、あっという間に絶頂が迫ってくる。

「あ、っ……ぁ、っ……やだ、っ……きょうは、ゆびじゃ……ゆびでイくの、や、ぁ、あっ……？」

反射的に逃げようとしたのだけれど。輝良は初めて、すぐに指を引き抜いた。

「大丈夫ですよ。ナカまで準備ができてるか、確認しただけです。昨夜も今日に備えて、散々解しておきましたし……この状態ならすぐ感じちゃうって、もうわかってますから。すぐに俺の気持ち、全身でぶつけてあげますからね」

「あ……」

彼はズボンと下着を脱ぎ捨てると、下腹部を軽く扱いてコンドームを着けた。

待ち望んだ展開なのに、完全に目が据わっていることに気付いて、こくりと息を呑む。

いつもなら、指で散々慣らした末に背後から抱き締めて、『大丈夫ですか？』だとか、『入れますよ』と確認を取りながら挿入してくるのに、千尋の腰の下にクッションを差し込むなり、すぐさま両脚を広げて――真正面から、腰を近付けてきた。

「あ……っ」

ぬちゅ、と花弁の間に亀頭が潜り込んできて、期待で全身が震える。

いつからだろう。

指では絶対に得られない、彼が一番はじめに入ってくるときの、大きく広げられる感覚が大好きになったのは。

「ん、っん……！　んぁ、っ……！」

輝良は、何も言わなかった。

獣染みた呼吸とともに、筋肉に覆われた胸板を上下させている。

燦々と日差しの差し込む明るい寝室でじっと観察されて、思わず両手で顔を隠そうとしたけれど、すぐに彼が入り込んできて叶わなかった。

「あっ……ぁ……！」

膣口が押し開かれ、疼く粘膜を擦り上げられる快感で、顔が歪む。

いつもと違う角度は、少し違和感があった。

けれど、数ヶ月かけて調教された千尋の身体は、苦しげに雄を締め付けながらも、じりじりと飲み込んでいく。

最奥を確かめるように子宮口を押し上げられると、ズン、と重たい痺れが全身に響いて、両脚がぶるりと震えた。

「ぁあ、ぁ……！　すご、っ……い……はいって……あ、あっ……」

待ちわびた硬く大きな感触に、恍惚と感じ入る。

同時に輝良も、止めていた呼吸を勢いよく吐き出して、うっとりと目を眇めた。

根元まで埋まる角度を探っているのだろうか。

僅かに腰を揺らされると、子宮口の周辺が捏ねられて、快感が脳天まで突き抜ける。

「あッ……ぁあ……！」

「くっ……」

膣が引き攣ると、輝良が苦しげに呻いた。

まっすぐに見下ろしてくる鋭い視線には、普段の清廉な輝良からは想像もつかない淫らな欲望が渦巻いている。

なのに彼は、ふーっふーっと追い詰められたような喘鳴を続けるばかりで、一向に動いてくれなくて。

ここまできて、『やっぱりまだ止めておきましょう』なんて言われる未来を想像して、千尋はたまらず、両手を臍の下に添えた。

「ね……ここ……気持ちいい、とこ……いっぱい、ついて……あっ……⁉」

途端、お腹の中の彼がぐぐっと大きくなって、ますます愛しさが込み上げる。

でも輝良は息を詰め、耐えるように歯を食いしばっただけだった。

「っ……輝良さん、っ……ねえ、っ……」

淫らに腰を前後させ、さらに誘惑してみる。

脚は震えているし、ぎこちなくて、好きな場所にあたっているわけでもない。

なのに輝良と密着しているだけで幸せで、ぽろぽろと涙が溢れてくる。

「おねがい、っ……はやく……愛してるって、教えて……」

「っ……、ちゃんと、吸い付いて……千尋さんが、もっと良くなるまで、耐えてるのに……、少しくらい、待てないんですか……っ！」

「え……？　あ……！　あぁあぁ……！」

輝良が、腰を引いた。

内臓を押し上げられるような感覚が引いて、硬い肉棒に絡みついた粘膜が引きずり出され、捲れて、外気に触れる感覚がある。

それからまたすぐに、奥の奥まで入り込んできて。

「ああ、っ……！」

「っ……千尋さん……ほら、ちゃんと、見て……。俺たち、セックス、してる……」

促されるがままお腹の下を覗き込むと、茂みの下で、信じられないほど太く長い肉棒が、ぬるぬると出入りしている。

血も出ていないし、痛みもない。

けれど、体格の差なのだろうか。

全部包み込んであげたいのに、根元まで入っていないのが、申し訳なくて、切ない。

「あ、っ、あ……！　きもちい……っ、あ、ぁ、っ……！」

「千尋さん……千尋さん、っ……好きです……好き……」

ゆっくりと奥を突かれ、愛を囁かれるたび、じゅくっと愛液が溢れて臀部へ伝っていく。

千尋が甘い声を漏らして悶えると、じっくりと探るような動きは次第に大きく、大胆になって――いつの間にか、腰を打ち付けられていた。

それでも、好き、好き、と繰り返して甘えてくる輝良は、まだどこか、耐えているようでもあって。

初体験のときの、理性の飛んだ彼とはほど遠い動きだ。

――あのときは……もっと……。

――食べられちゃいそうなくらい、激しくて……。

本能に乗っ取られた彼を、また見たい。

今までずっと尽くしてくれた分、輝良にも甘えてほしい。

全力で、貪ってほしい。

「っあき、ら、さん……こんなん、じゃ……まだ、たり、ないです、っ……」

「っ……！」

両脚を輝良の腰に絡めて、引き寄せる。

でも、彼の理性は揺らがなかった。

なにせ、半年近く一方的に奉仕を続けてきた忍耐力だ。並のものではない。

それでも、一瞬一瞬を素直に生きると決めたから——勇気を出して、羞恥を捨てた。

両手を自分の腹部に沿わせて、汗ばんだ肌を少しずつ上に辿り、両胸を包み込んで——できるだけいやらしく見えるように、乳首を摘まんで捏ねて見せる。

「あっ、ぁあっ……！」

強烈な快感が駆け抜けて、すぐに指の動きが止まらなくなった。

弾いて、引っ掻いて、膣まで快感が伝わって、ぎゅううっと彼を締め付ける。

「ぁあ、あー……！　きもちい……もっとなか、こすってっ……おく、ついて、っ……」

本気で頼んでいるのに、輝良は突然動きを止めた。

それから、怯えたような、震える呼吸で、千尋の痴態を凝視してくる。

「なんで……っなんで……うごいて……っ……」

必死に下肢をうねらせて——遅れて気付いた。

輝良の目から、完全に理性の光が消えていることに。

望み通りの展開なのに、感じたのは恐怖だった。

我儘を言い過ぎただろうか。もしかして、怒らせただろうか。

「っあ……あきら、さ……あの……ご、ごめんなさ……あっ⁉」

不安が込み上げて、そろそろと絡めていた両脚を解いた瞬間、がしっと腰を掴まれた。

それから、跡が残りそうなほど、指先が深く食い込んできて――。

「あ、あっ、あぁあぁ……っ⁉」

突然の激しい律動に、外まで聞こえるほどの嬌声が喉を引き裂いた。

パンッパンッと破裂音がして、身体が飛んでいきそうなほど乱暴に腰を打ち付けられる。

雄の本能が剝き出しの動きはそれだけで官能を掻き立てられて、幸福で。

汗と涙と唾液と愛液と、体液という体液が溢れて、赤子みたいに無力になって、予感を覚える瞬間すらなく、あっという間に絶頂に押し上げられていた。

「ぁああ、あーっ、ぁあー……‼」

目の前に、バチバチと閃光が散った。

両手が快感で震えて、もはや胸の先を弄ることもままならない。

「あっ、あっ……！　ぃく、っ……あ、いっ……いった、っ……、いった、の、っ……もう、まっ……あ、あ！　あぁぁあー……！」

藻掻いても、四肢が痙攣を始めても、腰はがっちりと固定されて動かない。

輝良の動きはますます激しくなって、まだ知らない場所にまで入り込んでくる。

四肢をくねらせ、シーツを引っ掻いて、でも逃げられなくて。

絶頂の中でさらに刺激を重ねられて、これ以上されたら漏らしてしまいそうなのに、やっと本気で抱かれているのだという感動で、涙が止まらない。

「っ……ふっ……ふっ……ふ、っ……」

意識がぼんやり遠退くと、輝良の野性的な息遣いに気付いた。

輝良が腰を突き出すたび、逞しい腹筋が浮かび、汗が滴る。

艶めかしい種付けの動きに、釘付けになる。

本能で求めてくれることが、嬉しくて嬉しくてたまらない。

だって、世界で千尋だけが知っている輝良だ。

「あぁ、あ……あ……あ……」

——あたまのなか……とろけて……。

——脳みそ、ぜんぶ、なくなっちゃいそう……。

どのくらい絶頂が続いたのかわからない。

とうとう悲鳴すら出なくなり、ふっと意識が遠退きかけたとき。

輝良が低く唸り、動きを止めて——千尋の横にどさりと両手をつき、頭を垂れて、激しく呼吸を繰り返した。

「っあ……ぁ……？　あ、きら、さ……」

全身の震えが止まらない中で、お腹の中で脈動している彼に気付く。

――私の中で……いって、くれた……？

――輝良さんも……まんぞく、してくれた……？

輝良の頬に手を伸ばした。

すぐに察して、とびきり甘いキスをしてくれると思った。

だって輝良はいつも、たくさん千尋を愛撫した後は、しつこいほどキスをして身体を撫でて、『頑張って、いっぱいイけましたね』と褒めて、甘やかしてくれる。

やっと一緒に気持ち良くなれた喜びを、余韻をわかちあいたい。

なのに――顔を上げた彼の瞳は、完全に欲望に乗っ取られ、刃物のようにぎらぎらと光っていた。

「……絶対に渡さない……他の男になんて……もっと、俺の大きさと形を覚え込ませておかないと……」

「え……？　あっ……？」

呟くなり、輝良は身体を離してゴムを付け替え、千尋の両脚を胸へ押し付けて身体を二つに折り畳むと――今度は、真上から腰を落としてきた。

「ぁ、あっ!?　あぁあぁあ……っ!?」

もう、馴染むまで待つことはなかった。

すぐさま激しい律動が始まり、ベッドが軋んだ音を立てる。

一回一回のストロークが、途方もなく長い。

雁首で愛液が掻き出され、明るい部屋に、淫らな水音が響き渡る。

「つんぁ、つぁあ、っ……なんっ、なんれ、っ……ぇあ、っ、あぁぁあ……！」

先ほどまでとはまた違う角度で深く貫かれて、内臓ごと押し込まれるような違和感までもが、甘美な感覚に変わりはじめる。

「あ、あっ！　らめ、っ、ぇ……！　あ、また、っ、いく、っい、っちゃ……っ……！」

真上からのし掛かられると、快感を逃す術もない。

次第に呼吸が浅くなって、腰をぐりぐりと押し付けられた瞬間、全身に衝撃が駆け抜けた。

叫んだつもりだ。

けれど、何も聞こえない。

「っあ……っ、ぁ……！　っ……！　っ……」

ぴんと爪先が伸びて、息が止まって、今度こそどうにかなってしまいそうで。

一体、どのくらい快感に耐えただろうか。

ぼんやりと見上げると、輝良は全身で息をして、甘えるように鼻先を、頬を擦り付けてきた。

「輝良、さん……やっと、いっしょに、なれて……うれしい……」

今度こそ、甘い時間を過ごせると思ったのに。

自制心が強い分、押さえ込んでいる情欲もまた、人並み以上に大きかったのかもしれない。

「あっ……？　いやあっ……!?」

身体を離すなり、千尋の脚を下品なほど大きく開かせ、犯されたばかりで真っ赤に色付き、痙攣を続ける陰部に指を差し込んできた。

「あ……っ、ぁあ……！」

「はぁ……あんなに狭かったのに、可哀想なくらい、広がりきってる……」

散々輝良の性器を出し入れされた膣は、太さも長さも、指の刺激では全く満足できなくなっている。

「ほら……千尋さん、わかりますか？　これ、もう三本も入ってるんですよ？」

「あ、っ……ゃ……う、うそ……うそ、っ……」

今までは三本も入れられたら、動かすたびにもっと強い抵抗と摩擦を感じていたはずだ。

――ど、しよう……私の……どれだけ、広がって……。

「嘘じゃないです。それに……前はここを、押してあげるだけで満足してたのに……」

「あっ、あっ、あ、ぁー……っ〜〜……!!」

感度が極限まで高まっている身体は、内側をぐりぐりと指で擦られるだけで、簡単に果てていた。

と同時に、指では届かない、奥の奥がさらに疼いて止まらなくなってしまう。

自分では認め難い変化も、これまで散々千尋を指で愛してきた輝良には、筒抜けらしい。

「ほら、まだ吸い付いて、奥まで誘ってきてます……もっと別の、硬くて太くて、奥まで届くのが欲しい、って」

「あ、あっ……!」

ちゅこ、ちゅこ、と中途半端に指を出し入れされると、さらにもどかしさが増して、腰がかくかくと前後した。

もう体力は限界なのに、思わず、『いや、もっと』なんて口にしそうになる。

「わかりましたか？　千尋さんの大事なところは、もう俺の大きさじゃないと、満足できないって」

「あ、っ、ぁ、っ……！」

「千尋さん？　わかった？」

物足りない刺激で、そのくせまた達してしまいそうで苦しいのに、我儘な子供を躾けるように聞かれて、がくがくと何度も頷いた。

「良かったです。……次からは冗談でも、『浮気』なんて許しませんからね……？」

「っ……わたし、だって……他の、男のひとなんて、知りたく、な……あっ……？」

病的な執着と独占欲に、ふるりと震えが駆け上がる。

開ききってしまった身体が不安なのに——膣がさらにひくつき、腰が前後してしまったのは、自分も相当、重症な気がする。

身体はもうくたくたなのに、指が抜かれたかと思うと、なぜかうつ伏せに転がされた。

「んぁ、っ……あ、あきら、さん……？　や、ぎゅって、して……」

仰向けに戻りたいのに、散々達した身体は、蜂蜜漬けにされたように甘く痺れて動かない。

その上背後では、がさがさと音がして、なんだか不穏な予感がした。

「もちろんです、ちょっと激しくしすぎちゃいましたから……今から本当の、愛情たっぷりのセックスをしましょうね」

「……？　いま、から……？　ほんとの……？」

何とか首を捻って背後を見ると、輝良はいつもの優しい笑みを浮かべていた。

瞳にも穏やかな光が戻っている。

なのに震えが走ったのは、どうしてだろう。

「今のは、千尋さんがねだってこなかったら、夜に抱く前に、自分で抜いておくつもりだった分です」

「……、……？」

「俺いつも、千尋さんに触る前は数回出しておかないと、余裕がなくなっちゃうから。でも今日は、そんな俺まで受け入れて、いっぱい感じてくれて……もっと自信がつきました。これからくたくたになるまで一緒に気持ち良くなって……ハグしてキスして、いちゃいちゃしましょうね」

「え……え？　あ、あああ……っ⁉」

突然、背後から腰を摑まれ、ぐいっと引き上げられて、脱力した上半身がずるずると背後に引きずられた。

何が陰部に押し当てられたのか、わからなかった。

だって輝良も、二度達したはずだ。

こんなに興奮しているはずがない。

でも、確かな何かが、まだ広がっている膣にめり込んでくる。

「え……ぁ……？　ゃぁああ、あっ、あー……！」

体力は尽きているのに、身体は貪欲に巨大な質量を飲み込んで、雄の味を喜ぶように愛液を滴らせる。

「っはぁ……、やっぱり……千尋さん、後ろからの方が好きみたいですね。締め付けがすごい……」

輝良は深い場所で小刻みに出し入れを繰り返し、千尋の反応を確かめてくる。

汗で濡れた臀部が、輝良の腰とぶつかってぺちぺちと音を立てた。

「あッ！　あっ、あっ、なんっ……なんれ、っ……ぁぁあぁ……！」

小さく揺さぶられ、シーツの上で乳首が擦れ、捏ねられる。

前に這って逃れようとしたけれど、爪はシーツを力なく引っ掻くだけだ。

――輝良さん、いったんじゃ、ないの……？

――なんでまだ、こんなに、げんきなの……？

――男の人って……出したら、満足するんじゃ、ないの……？

「あっ、あっ！　あんっ、あっ……！」

一度目とも二度目とも違う角度で最奥を抉られて、膝が震える。

腕を持って引き寄せられ、ふわりと上半身が浮くと、さらに挿入が深まった。

腰を押し付けたままぐりぐりと左右に揺らされて、また知らない喜びが駆け抜ける。

「あっ、あ……！　ぁああー……!?」

「こんなに狭いのに、頑張って飲み込んで、締め付けて、可愛い……」

「っ……！　輝良、さ……あ、おなか、っ……おなか、おく、まで……こわれちゃ……ぁあぁあっ……！」

「はぁ……まだわかってないんですか？　こんなに広げられて喜ぶなんて……もう千尋さんのココは俺専用で、壊れちゃってるんですよ？　大きいの出し入れされて感じちゃってるところ、あとで鏡で、一緒に確認しましょうね」

「あ、ぁ！　あぁあぁ……！」

再び腰を繰り出されて、パンパンと打擲音が響き渡る。

嬌声が震えて、舌を噛みそうだ。

打ち付けられた勢いで頭ががくんと垂れると、激しく揺れる胸と、脚の間で愛液が飛び散り、糸を引いてシーツに滴るのが見えた。

聴覚から視覚まで犯されて、何度も意識が飛び、時間の感覚が曖昧になる。

「もう、俺だけです、っ……千尋さんを、満足させられる男は……っ」

「あぅっ、あんっ、あっ、あっ、あっ……あああ……！」

輝良の体力は、底無しだった。

休みなく一定のリズムで動き続け、腰が臀部に叩きつけられる衝撃までもが、快感に変わっていく。

「つぁ、また、いく、っ、いく、っ……あっ、っ、あぁあ……!!」

獣の交尾に似た体位のせいだろうか。

一際大きな絶頂に呑まれると、避妊具をつけているのに、直接種付けをされている錯覚に襲われた。

精液を飲み干そうとする膣の蠕動に誘われて、輝良が低く唸る。

さらに動きが速まって、最後の一滴まで絞り出すように腰を揺すってくる。

「ぁあ、あ……あ……」

動きが止まり、優しく腕を解放されると、ずるずると身体がベッドに沈んでいった。

性器が抜けて意識が遠退いたけれど、信じ難いことに輝良はまたもや避妊具を付け替え、千尋の片脚を持ち上げて――今度は横から挿入してきた。

「あ、ぁ、ぁあぁ、あ……」

「っはぁ……千尋さんの中、温かくて、きゅうって抱き締めてくれて、落ち着く……」

やはり、輝良の性器は全く衰えていない。凶悪な硬さと大きさだ。

もう千尋は、混乱しかなかった。

「う……そ、っ……あっ、なんっ……あ、輝良さん……わ、わたし、いい歳だから……もう、今日は、っ……」

「たった四歳違いじゃないですか」

「あっ、ぁあぁぁ……！」

輝良はくすくすと笑って、少しも疲労の様子を見せず、また腰を前後させてくる。

激しい動きではないし、横たわっている分、さっきより身体の負担は少ない。

奥まで収めたまま小刻みに充血した膣を揺すられると、まだ残っている熱にぱっと火がついて、再び喘ぐことしかできなくなってしまう。

——初夜だから……こんな……激しい……の……？

——それとも、輝良さん……おっきいだけじゃなくて……絶倫、って……やつ、なの……？

「もう、今日は、だめ……あんっ……！　あっ……！」

「駄目じゃないです。ちゃんと夜まで待ったら、何回か抜いた後で、優しく抱いてあげられたのに……。今すぐ欲しいって我儘言ったのは、千尋さんですよ？」

「でも……これいじょう、したら、っ……こし、っ……ぐずぐずに、なって……おみせ、たてなく、なっちゃ……」

「いいんですよ、何もできなくなって。俺の前でだけは、赤ちゃんみたいに甘えて？　ぜーんぶ、俺がどうにかしますから……ね？」

涙と涎でぐちゃぐちゃになった顔を見られていることに気付き、枕を引き寄せて顔を隠す。

けれど、すぐむしり取られて手の届かない場所に放られてしまった。

「あっ、や……！」

「エッチな顔、ちゃんと見せてください。今まで、理性が飛ぶのが怖くて顔を見ないようにしてた分も……」

「あっ、あっ、ぁあー……！」

手で顔を隠そうとすると、輝良は大きなストロークで腰を前後させて、千尋の自由を奪ってきた。

途端に両手の動きがままならなくなり、与えられる感覚にひたすら溺れる。

「ほら……ずーっと奥、とんとんしてあげますから。イってる顔、たくさん見せて」

「あっ、や……あッ……あうぅう……っ……だめ、も、また、いく……の……いく、っ……いくぅ、っ……ぅ……！」

輝良は何度か射精したことで、余裕が出たのだろうか。

息を大きく乱すこともなく、一定の速度で中を虐め続けてくる。

でももう千尋は、何度絶頂を迎えても、外に聞こえそうな声で叫ぶことも、派手に痙攣することもなかった。

「ぁ……、あっ……、ぁ……、っ……」

達している中でまた達して、ひく、ひくっと小さく爪先が震え、くたりと脱力すると、輝良がやっと動きを止めてくれる。

「……千尋さん？」

「ん、っ……」

「これからってところなのに……ふにゃふにゃになっちゃって、可愛い……」

甘く囁くと、一度抜いて向かい側に横になり、千尋の片脚を引き寄せて、またぐっと突き入れてきた。

「あぅ、……ぁ……」

視界が、夢の中のように滲んで、ぼやけている。

でも、ほんの数センチ先にある輝良の顔が、近付いてくるのがわかった。

「ん、っ……」

やっと待ち望んだキスをしてくれて、ぽっと胸が熱くなる。

もう限界を超えているのに輝良を締め付け、喜びを伝えてしまう身体が恨めしい。

「はぁ……、疲れてるのに俺で感じちゃう千尋さん、可愛すぎて、全然萎えない……。こうやってゆっくりするのも、幸せですね……」

「あう、ぁ、……ぁー………」

これほどまでに情熱的で、執念深い人だなんて、思わなかった。

奥まで収めたまま腰を揺らされると、散々激しい摩擦を受けて痺れた媚肉が、さらに腫れぼったく疼いた。

「千尋さん、大好き……食べちゃいたい……」

待ち望んだ甘い空気の中、ぎゅうっと抱き締められ、耳を食まれて――でも脱力した千尋は、ぬいぐるみのように為されるがまま、何も返すことができない。

それをいいことに、輝良はあちこち甘噛みし、脚を絡め、どろどろになった身体を擦り合わせて、猫のように甘えてくる。

「っあ……ん……、こんな、ぐちゃぐちゃな、まま……いっぱい、したら……あかちゃん……できちゃう……」

そう言えば、今度こそ離してくれて、少し休憩できると思った。

予定外の妊娠なんて、真面目な輝良なら絶対に望まないはずだから。

でも――。

「そうですね。千尋さんのお腹、健気にねだってくるの、可哀想だから……早く直接注いで、喜ばせてあげたいです」

「え……あっ……？」

輝良が、ゆっくりと腰を引く。

そのまま抜いてくれる――わけもなく、再び奥まで差し込まれて涙が滲む。

「ぁあ、あ……」

「だから今は……子作りできないかわりに、いっぱい愛してあげます。千尋さんが、俺に自信を与えてくれた分を、お返ししたい」

もう、自分の身体に怯える彼はいない。

ゆっくり出し入れされて、明るい部屋に、くちゅ、くちゅ、と淫靡な水音が響く。

全てを諦めて輝良の愛に委ねると、限界を超えて苦しかったはずの身体が、少しずつ少しずつ、また新たな幸せに満たされて——半ば意識を飛ばしながら、穏やかに達し続けていた。

「あきら、さん……だい、すき……きもち、ぃ……」

頭の中が白く霞んで、何を言ったのか、自覚していなかった。

でも、目の前の人が嬉しそうに微笑んでくれたから、それでいい。

誰かとともに生きるなんて、想像もしたことがなかったのに。

世界に自分と彼しかいない錯覚に浸って、過去も未来も今も、全てが遠退いていく。

「千尋さん……俺の愛を、受け取って。もう俺一人じゃ、抱えきれないから……」

輝良は、驚くほど逞しかった。

繰り返し愛を囁き、しなやかな肉体に汗を滴らせ、尽きることのない精力で愛し続けてくれた。

ふわふわと意識が浮遊して、別世界に飛びそうになるたびキスをされ、ときどき、じゃれるように体位が変わる。

夕陽で部屋が赤く染まりはじめると、彼は完全に動けなくなった千尋を風呂場に運び、こびりついた体液を綺麗に洗い流して、軽食を作って食べさせ、またベッドへ戻して、穏やかに愛してくれて――。

解放されたのは、翌日の白昼だった。

しかも、輝良が精根果てたわけではなく、避妊具が尽きて、渋々といった様子で。

――次から、輝良さんを誘うタイミングは、もうちょっと、考えたほうが、いいかも……。

そんな幸せな後悔をしながら、その後も無限に睦言を囁かれて。

千尋はただただ、愛に溺れた。

エピローグ

翌年の三月。

爽やかな陽光に包まれたカフェ万里のドアには、『本日貸し切り』と張り紙が掲示されていた。

店内はグラスを片手に立つ大勢の招待客で賑わっており、レジカウンターでは、来月から大学一年生になる希美が、招待客の受付を担当してくれている。

椅子やテーブルは奥に撤去され、カウンターテーブルには、輝良が二日かけて仕込んだ大量の手料理とスイーツが並ぶ。

そしてカウンター内では、流星と、去年の夏からアルバイトスタッフに加わった紗也香がアルコールのオーダーに応えていた。

「あ〜……何をどのくらい混ぜるか、混乱する……！　だからアルコールメニューは注ぐだけでいいものにしようって言ったのに」

リキュールボトルを見比べながら眉を顰める紗也香の横で、器量の良い流星は淀みなくドリンクを作り、カウンター越しに客に差し出す。

「千尋さんの特別な日なんだから、このくらいの努力は当然です」

「また『千尋さん千尋さん』って……。今日は兄と千尋さん、二人にとっての特別な日ですよ？」

カウンター内の軽口が、今日の主役——ドレスアップした輝良と千尋の耳に届いて、二人は顔を見合わせて苦笑した。

正装に身を包んだ輝良は眩しくて、直視し続けると、心臓が保たないくらいだ。決して、惚気た評価ではないと思う。

だって招待客が着く前に、彼とともに育った妹二人も、

『今日のお兄ちゃん、最高に格好いい〜〜！』

『千尋さんも素敵！　ドレスもメイクも最高！』

と騒いでいた。

と言って映えるポーズを指定され、カップルフォトを撮られまくったのは、ちょっと……いや、かなり恥ずかしくて、参ってしまったけれど。

「千尋さん。紗也香、普段のバイト中もあんな態度だったりします？　手を焼いていたり

しないですか？　俺、なかなか妹がシフトに入ってる時間に店に行けないから……」

「まさか。今日は常連のお客様と、親しい知り合いしかいないからだと思います」

「ならいいんですけど……」

　輝良は少しほっとしたように微笑むと、千尋の腹部を――大きな膨らみを見て、さらに頬を緩ませた。

「まだ全員揃わないみたいですし、何か食べ物を取ってきましょうか？」

「朝ご飯、一緒にいっぱい食べたじゃないですか。私は大丈夫です」

「でも……今は三人分のエネルギーが必要ですし、いっぱい食べてもらわないと」

「これ以上食べたら、ただただ太っちゃいますよ」

　苦笑してマタニティドレス越しにお腹を撫でると、輝良が優しく手を重ねてくる。

　でもやっぱり、千尋と我が子のために何かしないと気が済まないのか、

「じゃあもう一杯、飲み物だけ取ってきます」

　と言って、カウンターの方へ離れていった。

　妊娠が発覚したのは、去年の秋の終わりのことだ。

　もちろん、完全に予定外の出来事だった。

　しかもどうやら双子で、男の子と女の子らしい。

　エコーを見て『あらぁ～、双子ちゃんかしらねぇ』と主治医に言われたときは、

『また人生に予想外の展開が……！』

とびっくりしたけれど、今は我が子たちと顔を合わせるのが楽しみで仕方ない。

当時計画を進めていた大々的な結婚式は、輝良の、『絶対に千尋さんに無理はさせたくないです』という強い意志で、出産後に延期となった。

それはありがたかったのだけれど、大きく人生の計画を変えた千尋としては、出産前に、新しい人生の門出となる一日が欲しかった。

だから希美の大学受験が終わるこのタイミングで、親しい身内だけを招いての、ささやかなパーティーを開くことにしたのだ。

——予定外の妊娠とはいえ、半分は、必然って気もするなぁ。

千尋は、ふふっとお腹の子に微笑みかける。

というのも、あの長い長い結婚初夜の直後、輝良はいそいそとベッド横のナイトテーブルの引き出しに大量の避妊具をしまい、入りきらなかった分——それも、目眩がするほど大量にあった——を、リビングやらキッチンやらバスルームやら、家中のあちこちに収納して、

『これで、毎日いつでもどこでも、愛情を伝えられますね……！』

なんて、きらきらした笑顔で言ってきたのだ。

もちろん、彼の絶倫っぷりを見せつけられたばかりの千尋は、

『ま、またお店に立てなくなっちゃうから、一日二個までにしましょう……！　翌日がお休みの日は特別に三個！』

なんて、お菓子を食べ過ぎる子供を躾けるように説得したものの、彼は姑息にも、一回一回をやたらとねちっこく引き延ばす作戦に出てきたのだ。

でも義母が輝良のことを『ずっと父親の役割をこなそうとして、私や妹を優先してきた』と言っていたことを思い出すと、そうやって甘えてくれるようになったこともまた、幸せだった。

──避妊には、慎重すぎるくらい気をつけてくれてたけど。

──あの精力じゃ……もう、どんなに頑張ったって……。

うっかり情事を思い出しかけ、慌てて振り払う。

フロアを見渡すと、輝良の母や、彼に結婚を勧めて何度も見合いを組んでくれたらしい祖父母、それから千尋と流星の両親が談笑していた。

他にもお互いの友人や常連客、店のスタッフ、さらにはなんと、輝良がお世話になったという恋愛カウンセラーの女性まで招いている。

輝良によると、プロポーズの手紙は、彼女──瀬名葵の提案だったらしく、輝良との縁を繋ぎ留めるきっかけをくれたことに感謝しきりだ。

二人分のジュースを手にした輝良が、彼女に会釈をしつつ戻ってくる。

「少しバックヤードで座って休みます？　朝から美容室に行ったり、疲れてますよね？」

千尋はジュースを受け取りつつ、肩を竦める。

「本当、大丈夫ですってば。ヘアメイクはぼーっと座ってただけでぜーんぶやってくださったし、パーティーも輝良さんとスタッフの皆が全部準備してくれたし」

「当然ですよ。普段の仕事だって、もう少しセーブしてほしいくらいです」

「もう……。これ以上休まされたら、暇で暇でしょうがないです。今はもう自宅で事務作業ばっかりだし」

妊娠後も変わらずカフェの営業を続けられているのは、二号店を見据えて、一部のスタッフにケーキの仕込みを伝授しておいたおかげだ。

接客スタッフだけ新たに募集をかけたが、すぐに経験者の応募があったのは、本当に運が良かった。

「千尋さん、そう言いながら、しょっちゅう店に顔を出して、立ち仕事してるじゃないですか」

輝良が心配顔で唸ったとき、カラン、とドアベルが鳴った。

どうやら新たな招待客が到着したらしい。

他の客に遮られてよく見えないが、受付を済ませ、店内を見渡しつつ現れたのは――。

「あああ、千尋！　久しぶり！　おめでとう……!!」

「嘘、和美⁉」

和美は千尋のお腹を見て「わぁあ……！」と目を輝かせると、はっと輝良に気付いて頭を下げた。

「すみません……！　やっと会えたからつい感動しちゃって……！　初めまして、和美です。その節は、大変ご迷惑をおかけいたしました」

「そんな。お会いできて嬉しいです。お子さんもまだ小さくて、今回お越しいただくのは難しそうだと聞いていたので」

輝良が手を差し伸べ、二人は固い握手を交わす。

和美は血色が良くふっくらとして、レストランのトイレで別れたときとは見違えるほど健康的になっていた。

「和美、今日来れたってことは、もしかして……」

「そうなの！　とうとう父が、少しだけ歩み寄ってくれて……。母が孫の写真を見せたら、急に態度が変わったみたい。実は昨日、初めてアパートに母が来てね。今、子供の面倒見てもらってるんだ。夫の仕事中に、父もこっそり孫を見に行くみたい。ふふっ、母を通して筒抜けなのにね。まだ完全に和解したわけじゃないけど……きっと少しずつ、変わっていくと思う」

「すごいじゃない！　本当、良かったね……」

「これも全部、千尋と、神崎さんのおかげです」

「いえ、俺も和美さんに、ずっと感謝を伝えたいと思っていて。あのお見合いがなければ……千尋さんとは、出会うことすらありませんでしたから」

輝良がしみじみ言うと、和美もまた、一昨年のあの劇的な日を懐かしむように微笑んだ。

「でも……神崎さん、それは違いますよ。千尋が駆け落ちを後押ししてくれたから……ね？私は直前で『やっぱりこんなこと、やめたほうが』なんて怖じ気付いてたし」

「あはは、そうそう、私はもうやる気満々だったから、内心『ええっ!?　ここまできて!?』って、びっくりしたよ」

三人で運命の日を振り返って盛り上がっていると、カウンターから出てきた流星が両手を上げて、声を張った。

「皆さま！　全員お揃いになりましたので、受付でご案内しました通り、先に集合写真の撮影を行いたいと思います！　お酒が入って、顔が真っ赤にならないうちに！　店内ですと全員収まりませんので、外で店を背景にしましょう」

招待客は流星の案内に従ってカウンターにグラスを預け、店の外へ出て並んだ。

カメラは、紗也香が用意した本格的な一眼レフだ。

流星が三脚を広げ、カメラの距離や高さを調整しはじめる。

ずいぶん手間取っていて、撮影にはまだ時間がかかりそうだ。

その間に希美が、全員がバランス良く収まるよう、招待客たちを整列させはじめた。

千尋は輝良とともに中央に立ち、改めて夫を見上げる。

春の煌びやかな日差しを受けた彼はますます眩しくて、目を眇めた。

結婚してからというもの、彼を感じるたび、大切な人とともに生きる喜びが、しみじみと込み上げる。

輝良も、これから出会う二人の子供も。

想像もしなかった色とりどりの未来がぐんぐん迫ってきて、高揚感に胸が高鳴る。

——最近見つけた、私の、新しい夢のこと。

——どのタイミングで輝良さんに伝えようか、ずっと悩んでたけど……。

店を振り返ると、妹に背中を押された気がした。

「輝良さん。実は私……やっぱり、産後いろいろ落ち着いたら、カフェの二号店を開こうかな、って思ってて……」

「え……？」

驚いた反応は当然だ。

妊娠が発覚したとき、千尋は二号店の構想を完全に手放した。

仕方なく諦めたわけではなくて、心から、これから生まれてくる子供との時間を大切にしたい、新しい人生と向き合いたい、と思ったのだ。

そしてその決意を輝良にも伝えて、共有していた。

「急に考えを変えて……ごめんなさい。でも……最近家で事務作業してる間、もう一つお店を開くならどうしたいかな、って想像が止まらなくなって。あれこれ計画を考えたり、調べ物をしたりするだけで、わくわくしてる自分に気付いたんです」

カフェを始めたきっかけは、確かに、妹との別れだった。

でも今、胸が高鳴るこの感覚は、昔のものとはまた違う。

以前は『妹の好きだった旅先に二号店を』と考えていたけれど、今は自分の目の届く場所で、集まってくれた人の笑顔を見たいと思う。

妊娠して、一度店を離れて俯瞰できたからこそ、今は妹のことを抜きにこの仕事を愛しているのだと気付いたのだ。

「でも……私が仕事に奔走するとなったら、輝良さんも、想定してた生活と変わってきちゃいますよね。それが申し訳なくて。双子だから、子育ても大変だと思うし……」

「そんな。逆ですよ！　むしろ、俺や子供に合わせて無理をしてないかなって、ずっと気がかりだったんです。俺は……どんな目標でも、千尋さんを全力でサポートします」

輝良は、再び夢を得た千尋を、眩しそうに見下ろしてきた。

きっとこう言ってくれる人だとわかってはいたけれど、ほっと緊張が解けて、笑みが溢れる。

「ありがとうございます。とはいえ、まだまだ先のことで……まずは、二人を無事に産まないと」

照れて視線を逸らすと、流星と紗也香はまだカメラの設置に四苦八苦していて、見かねた希美が、二人の元へ駆け寄っていくところだった。

「千尋さん。感謝を伝えたいのは、俺の方なんですよ」

「え……？」

「千尋さんのおかげで、俺、自分の身体を、大好きになれたから」

突然話題が変わって、きょとんと見つめる。

「大好きどころか、今では感謝までするようになったくらいです。……だってあの悩みがなければ、初めてデートした日、千尋さんを口説き落とせていなかったから」

大真面目な顔で言うものだから、ちょっと理解に時間がかかって——遅れて、笑いが込み上げた。

確かに、輝良の悩みがあの内容でなければ、まず、ホテルになんて行かなかった。

あんなに優しく、思いやり深く触れる人だと知らなければ、恋に落ちることは、絶対になかった。

そして今、千尋があの日を思い出して笑っても、もう彼は少しも傷つかない。

それどころか——。

「ふふっ、良い笑顔の写真が撮れそうですね。千尋さんが落ち込んだときは、毎回この話を持ち出そうかな」

「もう、あんまり笑わせないで！　メイクが崩れちゃう……！」

指先で滲んだ涙を拭ったとき、ようやく流星がこちらに向けて手を振った。

「皆さんお待たせしてすみません！　準備が整いました！」

紗也香と希美が駆け寄ってきて列に並ぶ。どうやらタイマーは使わず、流星と紗也香が交代で撮影をしてくれるらしい。

「何枚か続けて撮りますねー！」

カメラの方を向くと、輝良が耳元に屈み、囁きかけてきた。

「千尋さん。でもね、俺にとっては……全然、笑い話じゃないんです」

真剣な声音に思わず見上げると、彼は切ない顔で微笑んだ。

「本当に感謝してるんです。ときどき思い出すと、泣けるくらい……。俺の悩みを笑わず、真剣に受け止めてくれたこと」

「それは……私だって。輝良さんが勇気を出して打ち明けてくれなかったら、今日みたいな日は、絶対――」

「あ～、主役の二人！　見つめあってないで、こっちを向いてください！　いきますよ～！三、二……」

慌ててもう一度カメラを振り返ると、輝良が背中を抱き、膝裏を掬いあげてきて——。

「きゃあああっ⁉」

抱き上げられて、思わず彼にしがみ付いた。

春の日差しに、舞い上がったドレスが煌めく。

全員が二人を振り向き、笑って——光より眩しい人が迫ってくる。

「千尋さん、大好きです。出会った日から、ずっと——」

笑顔が溢れて、唇が触れあった。

青空の下、大切な店の前で。

たくさんの拍手と、シャッターを切る音が重なった。

あとがき

身代わりモノを書こう！　わー！　王道だ！　これが書けたら私も一人前（?）になれる気がする！

……と思ったのに、あれこれ捏ねくり回していたら、年下巨根童貞絶倫わんこヒーロー（スキル／時々避妊無効・着床率高）が爆誕し、はるか辺境の地まで来てしまいました。ここは……どこだ……人は……住んでいるのか……水や食料はあるのか……。

こんにちは、桜《さくら》しんりです。

あとがき一行目から何もかもしらばっくれて、これも王道ですよね？　みたいな顔で「お楽しみいただけましたでしょうか?」と始めようか迷いましたが、今回のお話通り、素直に生きるのが一番ということで。あとがきも取り繕わずいきます！

恋愛小説のヒーローは経験豊富で余裕があって、童貞かどうかは明示されないことが多い気がしているのですが、未熟なりに一生懸命慕ってくれる、ちょっと放っておけないヒーローも推しだったりします。

なので今作、ちょっとマイナーな味付けかもしれませんが、「ま、たまにはこんなお味もいいわね?」と思っていただけることを願うばかりです。わぁ、一冊で年下も童貞も絶倫も巨根も全部履修できてお得な本だなぁ～！（素直どころか強引に自画自賛までしちゃう！）全部好きになってくださった方は、共に辺境の地に住み、畑を耕しましょう……。

それにしても、大好きなヒロインに振り回されてしょんぼりするハイスペヒーローは何度書いても楽しいです！　特にヒロインを思って一人悲しく自慰するヒーローがとても可哀想で愛おしく、隙あらば男泣きしつつの自慰シーンを差し込んでいるのですが（オパール文庫さんでは今作まで三作連続で書いていました……）、今回は具体的な描写こそないものの、千尋をアレコレ可愛がる前後に毎回一人で泣く泣く処理しておりますので、どうかご安心ください（?）。輝良は特に、そのへんをきちんとしておかないと大変なことになってしまいますからね……！　千尋も安全安心の自慰保証！

気付けば、前作『結婚しよって言ったよね？　幼なじみ御曹司が私を一生溺愛する気です！』から二作続けて童貞ヒーローを書いていたので（童貞も好きです）、そのうちチャラいヒーローを書きたいな、とか。

あとはいつか、アルバイトの大学生御曹司、三ツ矢流星くんと、恋愛カウンセラーの瀬名葵ちゃんも、それぞれのお話を書けたらいいなと思っていたりします。

表紙は北沢《きたざわ》きょう先生が飾ってくださいました。ありがとうございます。千尋のお膝がえっちで可愛い！　輝良の溢れる年下感も素敵です。こんな立派なお手々でアレコレされていたら、そりゃ流星くんの手と比較してしまっても仕方ないよねと納得です。この輝良は童貞なのか、はたまた脱童貞後なのか？　おっぱいを思い切り触りつつ余裕のキメ顔をしておりますので脱童貞後な気はするのですが（名推理）、もし童貞だったら元気いっぱいに千尋のお尻にあたっている可能性が高いわけで、つまりこの千尋の表情は……。と、アホみたいな考察はさておいて！

いつも明後日の方向にボールを投げてしまうのに、必ず受け止めて返してくださる担当様、ありがとうございます。デザイナーさんや出版社の方々、この本に携わってくださった皆さまに感謝しきりです。

そして、ここまでお読みくださった読者様に厚く御礼申し上げます。……と、いつも読者さんへのお礼は堅苦しくなりがちなのですが、大好きです！　生きていると辛いこともありますが（ありますが……！）、皆が幸せになりますように！

さて、このあとがきで何回童貞と書いたでしょう？　あとがきで童貞と書いた回数の多さとしては、結構上位に食い込むのでは……!?

ではでは、また次の本でお会いしましょう！

桜しんり

ILLUSTRATION GALLERY

カバーラフ

カバーラフ別案

◆ ファンレターの宛先 ◆

〒102-0072　東京都千代田区飯田橋3-3-1
プランタン出版　オパール文庫編集部気付
桜 しんり先生係／北沢きょう先生係

オパール文庫 Webサイト　https://opal.l-ecrin.jp/

Opal

『規格外《きかくがい》』な年下御曹司《とししたおんぞうし》に
めちゃめちゃ愛《あい》し尽《つ》くされてます！
一途《いちず》なスパダリの甘《あま》くて淫《みだ》らなご奉仕《ほうし》

著　者――桜 しんり（さくら しんり）
挿　絵――北沢きょう（きたざわ きょう）
発　行――プランタン出版
発　売――フランス書院
　　　　〒102-0072　東京都千代田区飯田橋3-3-1
印　刷――誠宏印刷
製　本――若林製本工場
ISBN978-4-8296-5561-0 C0193

本書へのご意見やご感想、お問い合わせは、QRコード、
または下記URLより弊社公式ウェブサイトまでお寄せください。
https://www.l-ecrin.jp/inquiry